海南建省办经济特区 35 周年
暨建设自由贸易港 5 周年文学作品选集

逐梦天涯

诗 歌 卷

海南省作家协会　编

海南出版社
·海口·

图书在版编目（CIP）数据

逐梦天涯．诗歌卷 / 海南省作家协会编．-- 海口：海南出版社，2023.10

（海南建省办经济特区 35 周年暨建设自由贸易港 5 周年文学作品选集 / 梅国云主编）

ISBN 978-7-5730-1315-6

Ⅰ．①逐… Ⅱ．①海… Ⅲ．①中国文学－当代文学－作品综合集－海南②诗集－中国－当代 Ⅳ．① I218.66

中国国家版本馆 CIP 数据核字 (2023) 第 178085 号

海南建省办经济特区35周年暨建设自由贸易港5周年文学作品选集

HAINAN JIAN SHENG BAN JINGJI TEQU 35 ZHOUNIAN JI JIANSHE ZIYOU MAOYI GANG 5 ZHOUNIAN WENXUE ZUOPIN XUANJI

逐梦天涯・诗歌卷

ZHUMENG TIANYA・SHIGE JUAN

编　　者：海南省作家协会
出 品 人：王景霞
项目统筹：白　多
责任编辑：鄢　蕾
封面设计：菜一喋
海南出版社 出版发行
地　　址：海口市金盘开发区建设三横路 2 号
邮　　编：570216
电　　话：0898-66822397
印　　刷：海口新明印刷有限公司
版　　次：2023年10月第1版
印　　次：2023年10月第1次印刷
开　　本：787 mm × 1 092 mm　1/16
印　　张：24.75
字　　数：321千字
书　　号：ISBN 978-7-5730-1315-6
定　　价：68.00元

出版说明

光阴如梭、时间飞逝，正值海南建省办经济特区35周年暨建设海南自由贸易港5周年之际，为此，海南省作家协会编选出版纪念文学作品选集。

35年前，三角梅盛开在悠长的大街小巷，灿烂的木棉花把燃烧的火炬高举在蓝天白云之巅，就在这春光明媚的季节，一个伴随着春风而来的喜讯响彻琼州大地：海南建省了，要办全国最大的经济特区！

从那时候开始，海南的经济提速发展，社会面貌日新月异。2018年，“探索建设中国特色自由贸易港”正式提出；2022年，党的二十大报告明确提出，要“加快建设海南自由贸易港”。如今，我们解放思想、开拓创新，团结一心、埋头苦干，正在一步步努力实现这一美好蓝图，蹄疾步稳建设具有世界影响力的中国特色自由贸易港，让海南充分彰显中国风范、中国气派、中国形象，成为中国特色社会主义的生动范例。外在的社会繁荣肉眼可见，让我们感到自豪的是，内在的文化滋长如火如荼，成为驱动海南蹄疾步稳的精神助燃剂。

毋庸讳言，建省前，包括文学在内的海南文化虽然一直坚韧地生存并发展着，但海南孤悬边疆，受地理阻隔、交流不畅、传播不广、扶持不力等因素影响，海南文化生存土壤是贫瘠的，影响力也相当微弱。以文学为例，那时的海南文学被纳入广东文学板块，没有独立地位，本土作家要在岛外文学刊物上发表作品，极不容易。建省35年来，我们改变了这种局面，作为连续推出庆祝海南建省的文学作品选集的编辑，最能体会到这种变化：在编辑庆祝建省5周年的文学作品选集时，待选作品数量相当有限，仅有的那么几篇，还多是刚刚调入海南的外省作家创作的，本土作家人数少，作品质量也不高；可是到了今天，在我们编辑本套丛书时，入选的作品大多出自本土作家，他们不仅人数众多，而且作品质量可圈可点，其作品基本都发表在全国重要的文学期刊上，有些还被多家选刊转载。创作生产优秀作品是文艺工作的中心环节，为人民而创作的历史使命在肩，面对时代赋予的谱写新时代中国特色社会主义更加绚丽的华章的首要任务，紧跟中国特色自由贸易港建设的光辉征程，近年来，海南以鲜明的海南特色、自由贸易港气象，把新时代海洋文学做大做强，推动中国海洋文学事业的发展，海南文学已呈现出“海洋文学、海拔诗群、海派评论、海山童话、海网新文”等多“海”竞流、相映生辉的景象。至此，我们可以大胆宣告：作为中国当代文学的一支有生力量，南国之滨的“海军”在中国文坛上已经崭露头角了。

《逐梦天涯》是庆祝海南建省办经济特区35周年暨建设海南自由贸易港5周年的献礼丛书，荟萃了数百位作家、诗人和评论家的作品，是5年来海南文学成就的一次集中展示。由于篇幅有限，作家人数众多，作品数量巨大，为了给更多的作者提供展示机会，丛书编辑委员会不得不对入选作者的作品数量作必要限制。此外，受多种客观因素所限，有的作家没有及时提交作品，忍痛割爱和遗珠之憾都在所难免。尽管如此，此选集仍不失为领略5年来海南文学风光的一个宽敞的观景台，是了解5年来海南文学发展状况较为全面而便捷的读本。

本书是在中共海南省委宣传部的关怀和指导下编辑出版的，稿件的征集工作得到了广大会员作家的热烈响应，在此，一并表示衷心感谢。

海南省作家协会

2023 年 10 月

目　录

海之传说

李少君

我是有大海的人

从高山上下来的人
会觉得平地太平淡没有起伏

从草原上走来的人
会觉得城市太拥挤太过狭窄

从森林里出来的人
会觉得每条街道都缺乏内涵和深度

从大海上过来的人
会觉得每个地方都过于压抑和单调

我是有大海的人
我所经历过的一切你们永远不知道

我是有大海的人

我对很多事情的看法和你们不一样

海鸥踏浪，海鸥有自己的生活方式
沿着晨曦的路线，追逐蔚蓝的方向

巨鲸巡游，胸怀和视野若垂天之云
以云淡风轻的定力，赢得风平浪静

我是有大海的人
我的激情，是一阵自由的海上雄风
浩浩荡荡掠过这一个世界……

海口老街

芭蕉只是提供了一种线索
骑楼和海南话都在暗示
茉莉花香将我牵引到了一条幽暗的胡同

我低着头只顾冒雨前行
抬头却是一幢陌生的南洋式家族大院
我肯定没来过这里，我迷路了
却偶遇一位有过一面之缘的本地女孩
我脱口而出：你女伴呢？

三天前，我随刚结识的当地朋友去一个茶餐厅

座中皆中学同学，两个女孩正当对面
一个性情活泼，一直参与海阔天空的聊天
一个清爽干净，却始终安安静静
只是，离开的时候当地朋友告诉我
刚才我起身出去买烟的时候
那个一直安静的女孩笑我
说这个大陆仔怎么这么有意思啊

到底怎么个有意思？
很久以后我才知道
她是笑我说的那些不知天高地厚的大话

春天里的闲意思

云给山顶戴了一顶白帽子
小径与藤蔓相互缠绕，牵挂些花花草草
溪水自山崖溅落，又急吼吼地奔淌入海
春风啊，尽做一些无赖的事情
吹得野花香四处飘溢，又让牛羊
和自驾的男男女女在山间迷失……

这都只是一些闲意思
青山兀自不动，只管打坐入定

海之传说

伊端坐于中央，星星垂于四野
草虾花蟹和鳗鲡献舞于宫殿
鲸鱼是先行小分队，海鸥踏浪而来
大幕拉开，满天都是星光璀璨

我正坐在海角的礁石上小憩
风帘荡漾，风铃碰响
月光下的海面如琉璃般光滑
我内心的波浪还没有涌动……

然后，她浪花一样粲然而笑
海浪哗然，争相传递
抵达我耳边时已只有一小声呢喃

但就那么一小声，让我从此失魂落魄
成了海天之间的那个为情流浪者

自　道

在荒芜的大地上
我只能以山水为诗
在遥远的岛屿上

我会唱浪涛之歌

白云无根，流水无尽，情怀无边
我会像一只海鸥一样踏波逐浪，一飞而过
……海上啊，到处是我的身影和形象

最终，我只想拥有一份海天辽阔之心

作者简介：李少君，男，有诗集《自然集》《草根集》等出版。现居北京。

红酒念想

远　岸

红色的帆

空气已被阉割
诡异的雨下个不停

声名狼藉的幽灵
埋伏在城墙拐角

大海在午后
向自己吹响了
孤傲的口哨

巨大的胸腔
被夕阳撕裂
满满一杯红酒
波涛汹涌

所有入海的水手

站立于水面之上
都成了
红色的帆

致北岛

你的回答
似乎回答了一切
让我嘻嘻哈哈的十八岁
泪如雨下

属于你的星光
在夜海飞行
与鹰不期而遇
与红帆不期而遇

古老的船歌多么孤独
生命的湖用另一双眼睛
窥视灵魂的重影

在绝望的冰川纪
言说真相
只能是最后的巨鲸

你在水面留下了指纹

锁住谁的秘密

你把往事放入杯里
你看见杯子里的高度
你说杯子碰到一起
都是梦破碎的声音

我喜欢杯子问候杯子
就像
蓝天问候沙滩
诗人问候诗人

你坐在自己的声音里
等候亚细亚的钟声
等候红酒的落日

与红酒相关

其实，这瓶红酒
真的和你相关

橡木塞传递着岁月的密纹
把你柠檬般的婉约
从风的惊叫声中
散发开来

古典唱片一样
表情丰满

你微微颤动
葡萄汁与羞涩的空气
微微颤动
比任何跳动
或者摇动
或者晃动
更有动感
更像你胸口酝酿着的
美妙的波浪

一些优雅的诗句开始飘香
很温暖的样子
安静地
卧在某处

等待
满天的星星
像花儿盛开

等待
硕大的水晶酒杯
比月亮更圆

比影子更明亮
在夜里升起

红酒念想

她会一直向我走来吗

玫瑰花瓣海浪般卷起
七彩虹霓在季节之外
用无数很柔软的姿势
切割一些很坚硬的事物
黄金　玛瑙　宝石

她会一直向我走来吗

穿越波尔多温热的初夏
飞掠勃艮第孤傲的寒冬
谁会向她长驱直入
谁会让她灵魂飞扬
暗红色的汁液
亿万次纠结于她的身子
渴望侵犯
永不停止

她会一直向我走来吗

在托斯卡纳的早晨
闻一闻“马赛多”（Masseto）的芳香
多么幸福啊
是谁的光芒刺透了这一片宁静
是伊比利亚半岛上习惯于慵懒的小鸟
还是纳帕谷那只不知疲倦的啸鹰

她会一直向我走来吗

那些很有深度的夜光螺
那些轻微迷途的珍珠贝
酣睡于冰冷的
大西洋　太平洋　地中海

今晚
在我手心里暖暖醒来
和众神一样神奇

作者简介：远岸，男，有诗集《无岸的远航》《带上我的诗歌去远行》等出版。现居海口。

剑 与 花

蔡 旭

剑麻花

剑麻也会开花?

这种利剑出鞘，杀气逼人的热带硬质叶纤维作物，也会有开花的心愿?

这个浑身带刺，令人望而生畏的刚强铁汉，也会有如此的柔情?

不由得你不信，在一片浓绿的剑阵中，从它的心中，标射出一支支两三米高的花茎，顶上是一束束繁多的乳白色杯状的花。

它的花下垂如铃，姿态优美，幽香宜人。

犹如旗杆上，飘着一面面迎风招展的生命之旗。

世界太大，而眼界太窄。我是第一次见识集剑与花于一身的奇景。

惊叹于，刚与柔的融汇。

威严与温情的化身。

据说，开过花的剑麻，很快就会枯萎。

就是说，它是冒死开花的，是明知即使死也要拼命去开花的。

为了理想的灿烂，不惜以生命为代价。

站在高耸挺立的剑麻花面前，天空似乎矮了下来。

我也矮了下来。

胡椒小镇

说起大坡，许多人都不知道。不过说起白胡椒，全中国都知道了。

全中国都吃胡椒。全中国的舌尖上，都记忆着胡椒芳香辛辣的味道。

这正是大坡的味道。

全中国的餐桌上，10 粒胡椒，就有 4 粒是大坡出产的。

我走进这座海口市琼山区的小镇，惊喜于万亩胡椒林一片连着一片。

那可真是石柱的森林。在一根根瘦长的石柱上，攀缘着一丛丛深绿色的藤蔓。一望无边的绿涛翻涌，清凉的风拂过我温热的向往。

可以见到花，一串串螺旋状排列的小花，仿佛闻到香料的气味。

可以见到果，一穗穗红褐色的种子，似乎可让人神清气爽，胃口大开。

从秋到冬再到春，在这里都可看到成熟的力量。

胡椒林边是一排排胡椒楼。胡椒的价值不仅舌尖知道，眼睛也可以知道。

当然，大坡还有橡胶、香蕉、荔枝，还有牧榕文昌鸡、福昌红肉蜜柚，更有全镇百分之一百的文明生态村。

但我只记得白胡椒就够了。只记得那些淡黄色的颗粒，和舌尖上的感觉就够了。

一个小镇，有一种让全中国都想起的味道，就够了。

过伶仃洋

想当年，文天祥也是从这里经过。

率领的南宋官兵在这里被元军打败，他的诗，是被俘后囚禁在一条船上写的。

“零丁洋里叹零丁”。望洋兴叹，叹不尽一片丹心随一个王朝被海水淹没的苦痛。

“山河破碎风飘絮”。800 年的耻辱，就随着波涛在这里沉浮。

这一天，我过伶仃洋，坐着大巴车在港珠澳大桥上飞驰。

从伶仃洋上世界最长的钢铁大桥驶过，从伶仃洋下世界最长的海底隧道穿过。

从“新世界七大奇迹”的世界最长跨海大桥飞过。

听海风从身边呼啸，看海景在眼前倒着飞跑。

此刻，文天祥和他的诗从脑中一闪而过。

我不禁抬起头，挺了一挺胸膛。

我们终于有了这样的大桥。

我们毕竟能造这样别人没有的大桥。

况且，世界上已经没有中国人不能造的桥了。

平淡生活

一把锁守住大门。

独守空房，必须耐得住无穷的寂寞。

无法随钥匙外出，它得顾家。

奔波的钥匙，离家也是无奈的呀。

如果终日在家厮守，只好失业。

每一天都要分离。每一晚早早回家。

回家，有爱的港湾。

分离，为了养活爱。

一棵树在宣誓

那只宣誓的左臂，其实是一段残肢。本来应该用右臂的，可是右臂没有了。

它生在一棵伤痕累累的树上，举起了一场鏖战的惨烈与悲壮。

这棵树，遭到噩运已不止一次了。

三年前，就曾被台风拦腰截断。三年后，终于把重生的双臂举过头顶。

这一次，又在与台风的恶斗中损失惨重。痛失右臂后，左臂又被砍掉了一半。

我从这棵树下走过时，深感世事的险恶，与命运的不公。

但是有什么办法呢？许多事，都不能由自己来决定。

如果你不想在大地上轰然倒下，就得用年轮记下你的不甘，同时义无反顾地举起你的手臂。

即使没有右臂，也得把左臂举起。即使截肢后只有半节，也要举得高高的。

把你的誓言公开告诉世界。也默默地告诉自己。

作者简介： 蔡旭，男，有散文诗集《蔡旭散文诗五十年选》等出版。现居珠海。

对鸟儿的观察及某一天的写作

纪少飞

典　籍

我翻开书本，这里面埋掉几代英才
或舍弃多少过旧的铜铁
应该由我来歌颂的或许让我铭记
已被一个看不见的人先我写过
历史之手把谁覆盖
这么多章节的著作和捧读
问题　思考　或深谙其中
在纸张的簌簌作响中，旧日流水把我引向
阅读，一种厌弃抵消了深夜的天籁
这一卷卷线装的文本
生动　透彻　阴暗　猥琐
犹如一只随风飞扬的风筝
脱离陈旧的手臂陈旧的身体
转折或者深入典籍
起初是整齐，尔后散漫
我无法握准此中的节奏或快或慢
倘若深入被我丢掉、拒绝或抵制

这中间准会忘记些许什么
我翻开书本，谁朝我走来
一个或几个
那个看不见的人只在此中留下气息
或翻动书面的笔记
让我凭吊或回忆
如此而已
我翻过另一章，英才打动我
废弃的钢铁仍然埋身典籍中

对鸟儿的观察及某一天的写作

三只麻雀飞来的中午，光芒已毕露
从翠绿的啁啾开始
一天漫长的劳作得以停歇

三只弄堂里遣出来的幽灵
多么厌倦　缠绵
秘密地在细风中折断
一段序曲　一节月桂　一个意象

三只麻雀奔赴在天庭
悠闲　急疾。在风中
一个引颈　一个梳羽
另一个停在中间朝我鸣叫

三只麻雀追逐的一天
短暂的光阴渐现
三只麻雀照亮的枝头，激荡着我
巨大的才情　盲目和肯定

盲目和肯定，三只麻雀在
低旋　回飞　挥舞
挥霍一天漫长的傍晚

广场夜曲

疲惫，出汗的夏天。市区中
手持电筒的人，电光能照亮他们什么
低于六月，又大于十年的一日
黄昏来到广场的肩上，来到夜吧
吧女的叫卖声中。交响曲的拐弯处

没有什么可以浏览，值得被清楚看见
没有什么可以让我们永久记住
如今是大众的健身场所
往昔则为鸨母和小偷的聚散地
作为本地市民
我天天路过这里，再平凡不过

一群晚夏的雨刚刚扫荡过这里
外围的栅栏上也能开出斑斑铁花
几棵仅存的木棉树在边上
它们在摇曳中能扶持住这个城池的夜吗

不说的　能说的
几位暧昧的情侣正在这上演
关于爱情的永恒的真义：物质和精神的纠缠
犹如无声电影中动人的一幕
夕阳渐渐染红了它的背景

从西到东或从北到南
八达的马路在这里失去了方向
采购的　观光的　浑水摸鱼的
动人的仅仅在述说、吐吞之中
如今的广场显得多么实际
叫卖　求购　浏览
多种声音已允许在此滋生
诗歌的抒情仅是其中一种
深夜十二点，街灯照出了它的鬼影

铁匠的一天

他总是在冷清中从挥锤开始
到汗流浃背时结束

日光照亮的铁铺谁能目睹到
以劳动而致富者内心的喜悦，忧愁

路过铁铺我天天看见他赤红的胳膊
和胳膊下舞动的铁锤

多少汗水铸就这铮铮汉子不卑不亢的韧性

在早晨，作为一个业余诗人兼他的邻居
我只能闻着锤音起床

啊，在梦中
在梦中我梦见他捶出的铁铃和警械

序　曲

带着典册一同沉沦的青年，降落、消遁
低徊于夜的前台，而跨越的步速涉及
诗歌的绽放、玫瑰的绽放
而谁徒步走向，那渐来渐近的天启之门
一种天使的舞蹈，激荡、急旋在凯归的途中
而他蹚过了今日的颂扬、午后的草坪
无限的天地啊
蝴蝶在翩舞中呈现着物质的衰老和疾病

永存和短促
在飞旋中她给予了启示：他的思考越发靠近
光明的纯粹
飞翔引升的幸福，骤然停止的错开的花朵
一瓣瓣埋身于阳光的怀中，她无限地
倾向月桂和伤寒。而我们的语言无法准确表达
此刻升腾的教堂的暮钟。在屋宇上
她言说了一切：含糊的《圣经》中，英雄
在衰落
青年啊，谁曾经是寻找的唯一
她，歌者，盲诗人
除了突然惊走的鸟儿，它追逐着日光的
方向和天庭引导
展翅飞翔又在黑夜中陨落
这悠然静穆的盛典，拥挤、窒息
抒情被巨大的合唱淹没、蜕变
河流在无限中涌动着
描着福祉和神谕的青年一同沉沦，低降。
普遍的囚虐，操持。从既定到静止
有限的肉身留驻黑夜，他回到
他借助草原隐蔽，这聋哑的流浪汉
遮住了歌唱的音乐，触摸着琴中一个强音
键弦，正在迅速演奏。悲凉正在逐渐生成
像飞翔的下面最黑的一支羽翅，探索人类
全部的秘密：

爱情和异己，英雄与疾病
遗失多年的典册啊，如果有诗篇，我便称此
为诗篇
而他渐渐远去，带去天堂的信札，雨夜的
灯光
思念中不断攀高的幸福，像痛楚
围绕着人们光辉的中心：
盲人荷马、欧洲大陆上摸索着的荷尔德林
这凡世的音乐被今天的雨滴深入地
敲击　抹杀　销声

作者简介：纪少飞，男，有诗集《妇女手册》《空座》（合著）等出版。现居海口。

海 风 中

雁　西

海口上空的云

云厚厚的，想起了，第一天
抵达巴黎，像油彩涂在天空
哦，多美啊！一幅幅世界名画
名画源于天上
无须用心良苦，只需灵感流云
只需草迎风舒展，夏日里
和你相爱千里万里椰子树
生命将美酒和诗一饮而尽
今日海口上空的云图，以及
这轮挂在清澈淡蓝上空的圆月
久逢的甘露
爱上之后的礼物
我知道，这不是简单的云彩
是时间之河，洗出的百鸟朝凤
是海南也有巴黎的浪漫与抒情

每一粒沙都是一只萤火虫

暗夜中的海边，沙滩上的沙粒
散发微光，仿佛无数萤火虫在沙粒中
不，每一粒沙都是一只萤火虫
海风，打开了通向大海的门
看见了大海门里的无尽光亮
父亲、母亲，以及我生命中知晓的前人
比如陶渊明、苏东坡、普希金、里尔克
等等，我仰慕的星辰，他们的魂灵
存在大海之中
我站在海之门，玫瑰落在我的头顶
这是一生中最特别的时刻
年过半百之后，已经送很多人离开
生和死之间的秘密无须解释
谁走谁留谁也不知道
看到他们离去之后的空旷与茫然
那些过往珍藏在飘落的泪水中
忍不住埋在双手里，我是有些疼痛
他们在影响着我的领悟和心境
在让我离永远越来越近
离那个最好的自己越来越近

海风中

你问我此刻写了什么
我告诉你吧
海风中的呼吸，夹着雨滴
像鱼腥味的思念
日积月累的味道，整个沙滩弥漫
和你的长发掠过晴空
冬季的冷风吹不到这里，北方的海
和南方的海
北方人和南方人。不同的温度
和性情
北方大雪纷飞，冷得哆嗦
南方椰风暖意，叶子仿佛还在春天
尤其是你发来的照片
也是在海边，阳光，缤纷的衣裙，
美、性感、活力，满满的希望
瞬间的永恒
但你要明白时间依然稍纵即逝
年轻美貌的你，旋即老去
见与不见？希望见
想念的痛在发丝中哭泣
拥在怀中
像白雪公主和王子的舞步

醒了窗外的花和树，醒了海浪
和潮汐

西海岸

这是海南海口的西海岸
从来都看不透也看不够
那面镜子般的脸，在折腾时的欢愉
悲愤。从不低头和放弃
阳光和帆群
鱼跟着一起穿行，断了归途
海平静的时候，并没有停止呼吸
她在倾听
倾听海鸥飞翔的声音
也是在思念某个不能忘却的人
所有的都那么明媚
巨人的身影如巨浪沉入静穆
直至月光的柔情，映衬太阳的俊朗
人生起点终点，经久不息
朝向爱，来来回回
我不再需要答案
因为这是雁西的海岸

海面上的两只飞鸟

比翼双飞
一会飞得很高，一会贴近海面
有时掠过海水
说说笑笑　情意绵绵
在自由自在中
没有祈求
不惧风暴，不惧海啸
心中有爱，其他不在话下
当然会有忧伤，甚至是绝望
但在这里可以倾听大海的歌唱
和飞鸟一起
向着风浪，也向着阳光
多好的白云，多蓝的天空
在心灵深处，在潮水涌动中
我们不仅仅是一朵浪花，也不仅仅
是一只鸟，一定还会是一条鱼
一朵永开不败的玫瑰

作者简介：雁西，男，有诗集《致大海》《雁西情诗99首》等出版。现居海口、北京。

老家门前

蔡根谈

吃着星光长大

我在海南岛吃着星光长大
身上藏有永恒但易于消逝的事物
经常深夜回来，沾染了太多洗不掉的风尘
独坐对明月，我像个树桩
有着根深蒂固的欲望和腐朽

向虚无敬一杯虚无之酒

新的开始意味着新的结束也同时开始了
这些年他随世道动荡
拿得最稳的是酒杯
凝望正月初一零时绽放又消逝的烟花
他伸手做出举杯动作，愣在空中，突然抖了抖
向虚无敬了一杯虚无之酒

孤独是我的核心竞争力

人多的时候，我总是无话可说
我知道热气腾腾背后那种寸草不生的荒凉
我的孤独已经开过光，祂五谷丰登也五蕴皆空
增长了我梦游人间的能力
他们举杯言欢我低头摩挲我的孤独
我的孤独已经有了深邃幽静的包浆

老家门前

几株长春花
嫩红花瓣间
露水绕仙气
大部分被清晨微风吹散不见了

风过黄花梨

母生、坡垒和瘦一点的那棵子京
多么好，它们就叫作母生、坡垒、子京
多么好啊，一只歌鹩叭飞过黄花梨
我依然听不懂鸟语，多么好，多么好的南风吹拂
惊蛰之夜又做了一场春梦，多么好

作者简介：蔡根谈，男，有诗集《语话诗》等出版。现居海口。

雪的证词

陈　航

演绎法

看到湖水，便看到了平静
如一面镜子，没有波澜
看到平静，便想到了此前的那场雨
黄昏吞吐水雾，越出无数匹野兽
带着锋利的锯齿，厮杀这片湖
想到那场雨，便想到了乌云
囤积着多年生活的疾苦
在某一天，突然爆发
想到乌云，便想到了消失的太阳
不知退居于何处，难以找寻
想到了消失的太阳
便想到了躺在病床上的祖母
长期受贫苦和疾病的折磨
她的一生，下的是洪水，不是雨

晨光的方向

曙光沐浴于潮汐中，你赶海
识读重叠的水浪和海洋的深浅

成为鱼，是必要的
成为江河，成为海洋命里的胡须

你划拉生锈的笛鸣，让昏睡的天空
印刻在水面的凹凸中

重叠是：万物醒来，相互交融
你不断闪耀，谈论尘世的灯

深浅是：你所能抵达的地方
总留有漂浮不定的孤寂

你学会栖息于零散的时光里
反复在水镜中，扣下风雨的模样

你将生活的景象，交给冬天的霜露
由这片海，缓慢吐出

雪的证词

雪看见了落日，看见了群山
看见了整条河的宁静

雪还看见了小桥，杨柳
公园里的木椅

雪看尽了我的所有

雪没看见你

礼 物

你松开影院的昏暗，一些霓虹
涌向你。你将获取几片夜色中的热闹
或者获取城市里，人群忧郁的争吵
嗯，庞德，你眼睛里的潮汐
充满汽车的喘息。漫游者步行于此
生活显得更加活泼：
你在巨幕里醒来，台下掌声如雷
你将触碰到停歇的马的波浪
你将惊起鸬鹚，大海填满
各行各界的鱼群。一些人失恋

一些人背井离乡，长出西风的模样
还有人哭着吞下爆米花
嗯，庞德，影院外的那么多月光
没有一丝属于你，而院内
霓虹里种植掌声，你在台上
你将获取局促的事物里那沉重的静止

低 空

肥硕的身体容纳星系，弯月倒挂
雨的持续，加强水面的涟漪
波动着，涉及无声的长夜
被海浪覆盖，呈递海水的尖锐

云层长于此。水雾弥漫在
陌生事物的周围，调控缺陷的笛鸣
是绝对安全的指引？你用一场雨
绷紧周遭的神经，星辰上岸

浅滩还有单薄的月光溢出
浸湿脚底，涨潮的凉意，倾轧
一座岛屿的脆弱。没过草木
没过安逸的百花丛

困住节奏的迟缓，波浪再生产

你爬上航船，鱼群穿过通明的灯火
炸裂的热闹，无限透析着星空
弯月充盈，如我此刻也惊涛骇浪

作者简介：陈航，男，作品散见于《诗刊》《天涯》等。现居海口。

忆白鹭

陈亚冰

南方风暴

风呼呼撞击落地窗的铝合金
它企图撬动整座大楼，甚至整个岛屿
将一切能掀翻的都掀翻

记得那时我们被发配了，天各一方
在北方的黑夜深处，寒冷侵蚀
我听到南方风暴中心发出的呼号
正如此刻不眠的黑暗
蝇罩着南方的稻田

这个时代，谁会在秋的悲剧中
长途跋涉去追寻一条河流的源头
关心一条河潺潺隐约的方向
谁会在水里放置一只竹篮
插上一朵红色的花朵，像火焰的花朵
照亮南方的雨季

命 运

莱蒙德·戈列格里斯的命运出现巨变的那天
我在喝酒，在海甸岛木屋喝酒
等待 2 月 14 日的夜班车
雪花啤酒真是好。我们从血战到底
换上组队血拼，五个六，五个幺
莱蒙德·戈列格里斯在科钦菲尔德大桥上遇见她，又在教室遇见她
雨，一直没有停，里斯本夜车不知何时开动……

致父亲

……这几日我在想你，父亲
我试图在旧历年里召唤你
如果有法术
或者我是萨满的灵媒
我想面对你，正如你面对时间
因为我已经感觉到了冷冽的孤独

老屋更朽了，应撑不过两年
晦暗和静寂也是老调子
“唯有旧时光给我们幸福。”
因为它不会主动伤害
像朽木结蘑菇，结木耳

一切都会被母亲炼成下酒美食
我们身心需要一点喂养

“……你们在彼此的双手下
越来越丰饶，像秋天的葡萄。”
我们没有葡萄树
厨房前是旧年种植的阳桃树
母亲浇灌了几斤红糖水
阳桃每年会开几次花，结几次果子
雀鸟们吃得可欢了，还唱了情歌

我记得畏缩在石板门槛上的影子
被疾病和时间摧毁的身子
被父亲和兄弟抛弃的人
仍然选择了继续旧历年的守夜
遵循礼俗，春节、清明、端午、中秋
父亲，你宽恕一切，一事无成
父亲，你拒绝思维，不留存照

你算计好了，或者说，你通透了
所以，让我抱着你，洗过柚叶清水
那时，魁梧的你，在我怀里如婴儿
你我的一切荒野追逐在此和解
如今我想打捞你的一切
包括面对时间和孤独，如何通透

土 地

在这片即将被地产商征用的红土地上
覆盖着甘蔗、乔木和灌丛，葱郁而衰败
冬天阳光的酥软，洒落在易朽的生命
大地因循四季，妍媸不分地接纳一切生成
而对她，我们的一切争执、贪婪、得失
莫如一粒尘芥——在冬日的尽头
白云高远，像傍晚寻觅巢穴的飞鸟

忆白鹭

像久违的朋友，忙碌成了遗忘
天然的掩饰，或者遮蔽
只有松懈下来，在床头边
在静僻的山野，村道
我们才真实地听见，幻想——
噢！白鹭！一道白光
兀然自水泽的绿草中冲天
在空中轻盈地滑翔
美妙的弧线，流畅，圆满
噢！草泽的精灵
丰满的躯体，挂在双翼中
不笨重，不迟滞

白鹭，噢！她俯视大地
万物虔诚，面朝蔚蓝天空
白云与太阳嬉戏
白鹭双腿降到嫩草丛
像女皇巡视她的王国
失眠之夜，白鹭来到我的心
草泽的祭祀红布条
绑系在麻竹和鹊肾树枝条上
被日光雨水刷洗，褪色
巍巍布幡已撤，木棉树峭立
丰茂水草，黄牛悠然
在瓦房与楼房交错的缝隙
藏着土地庙和祠堂

作者简介：陈亚冰，男，作品散见于《天涯》《诗刊》等。现居临高。

在入海口

陈波来

蝴　蝶

闷浊人世，谁愿意辜负
绚烂又轻盈的飞翔

如果幻化，我不会是孤独的那一只
是呼啦啦一群，拽着灵魂挣脱肉身

有多少念想就有多少蝴蝶，我
是用身体埋葬蝴蝶的那个人

越来越驾轻就熟，谁不知道绚烂
是一种既爱又惮的重，重过飞翔本身

但任它翩翩来去，人世非地狱
花间亦非天堂。一点肉身再轻也要落地

是了，我正好褪下
残存的薄翼和香息

致父亲

那是你看得见的明月
一直在升起，高过尘世的
楼顶、树梢、那片山影和一声叹息

一直在升起，高过尘世的
一声叹息、山影、树梢和那片楼顶
那是你看得见的明月

这是你的烛火冰凉
这是我的泪水灼烫

在入海口

有关那只豹子
这些年话题很多，不少人
赶来，从黑暗中抓取
一闪而过的豹斑，麇集的意念
像深色纽扣，扣紧想象的外套
一般来说，豹子习惯性
被人豢养在体内（如其所言）
又在养豹人的叙述里
充满隐喻和低沉的鼻息

随时，巨大的斑斓的身形
从面色灰暗的养豹人
跳脱而出，幻化为空中
要命的一跃，或伤心的诗句

我不需要这只豹子，在入海口
我正用身体一点点喂养
一只银色的虎头鲨

落 叶

像山中的落叶
飘得不远，安静
落地的过程一座庙宇
脱尘出俗，新漆的红色檐尖
抵近白云

这时城里的落叶
被集中焚烧，堆成山
吐出蓝色烟子
显然，压抑着火焰和叫喊

这时如果有钟声
响起，一个人缓缓下山

他身上又有了
灰烬的味道

位　置

梦中写下的诗记不起了
我曾对明天赞许过，那是一首好诗

早上，阳光明亮得有火焰的样子
车辆穿梭到晚上，像在搬运什么

路边小树林，窗台，楼道，门
光亮中秩序井然，悲喜没有位置

像我的膝盖可以摸出，但酸痛没有位置
像我的天空可以看见，但梯子没有位置

我一直想从黑夜那里
把那一首好诗找出来

作者简介：陈波来，男，有诗集《碎：1985—1995》等出版。现居海口。

箭毒木

邓　西

一个漂在海上的人

一个漂在海上的人
对太阳特别敏感
金色和橙色他分得很清楚
太阳跃出云层的姿势，他有自己的解释
他眯着眼睛站在甲板上
双脚穿透甲板，触及海底的沙地
他想长出根来，在某一个港口生长
但一个漂在海上的人，没那么容易
生根，长成一棵树
一个漂在海上的人，身体和大海接近
宽广，深邃，暗潮汹涌
咸涩的海风，亲吻他的嘴唇
盐在他的唇上溶解，被吞下的
除了大海的寂静，还有对一棵树的渴望
他干净的眼睛里盈满了泪水
他又一次看见，远处
海面上铺满了月光，银光熠熠

这个夏天，我们从南春村走过

我们从南春村走过时
她并不知晓
成熟的番石榴掉了一地
稀疏的格桑花，摇曳着细腰
风眺望从路那头，远远晃过来的一群鹅
勿忘草走了很远的路，眯着眼站在阳光下
情毒花渴望指头柔软的，缠绕
紫红色的桑葚从唇边甜到了心窝
那甜像水晶鞋一样绊住了我们

我们从南春村走过时
她刚刚醒来
鹅伏在火龙果的阴凉里
梦在她的颈脖上环绕
我们轻手轻脚，我们屏住了呼吸
我们想捉住梦，看看里面的事物

那事物像一面镜子，映出南春村的夏天
稻子和金黄的草垛，在天空下冥想
头顶着蓝色，像一汪海洋
绿豆老冰棍，在池塘里融化
麻花鸭子的脚蹼变得冰凉

一些事物不是事物本身的样子
而另外一些恰好是事物本身的样子
一条很老的黄狗尾随我们，走到了村口
它盯着我们
怀疑我们偷走了村庄的夏天

台风之夜

刮台风了
一些事物总是躲避不及
地面上的裂缝被雨水灌满
呼啸声冒着黄色的泡泡
黑夜被削掉了一部分
宣布城市已经被占领
一些风挤进了屋里
吹灭了案台上的蜡烛
扑火的蛾子呀
死在黑暗的夹层里
我感到孤独，骨头冰凉
我想大哭一场
一些风推倒了楼下的大树
叶子砸在玻璃窗上，然后
滑下去，像告别的手掌
我哭了起来
抱紧我的黑猫

我听到
大树骨头断裂的声响

箭毒木

我在观看一棵箭毒木树的时候
总是离它远远的
因为它的汁液含有剧毒
它还有另外一个名字
见血封喉
一个听了让人害怕的名字
在植物园里，它被禁止触摸
因为它让人接近死亡
看着它泛白的树干
我想起淬了毒汁的箭头
远古的战场上
扬起的烽烟和哒哒的马蹄声
中了箭的人纷纷倒下
松开紧握的拳头，生命缓慢而又疾速地逝去
但这和一棵箭毒木树无关
鸟儿在一棵箭毒木的树冠上筑巢
整日啄食它饱满的果实，把粪便拉在树下
毒液日复一日地渗入泥土
箭毒木静静地聆听，等待死神的降临
但它明白，这和鸟儿无关

家乡的给予

我回来了
双脚踩在坚实的土地上
轻轻地，不发出一点儿声音
但仍旧唤醒了我儿时所有的记忆
从前，过往，将来以及最后……
家乡
永远是我最初的开始和最终的结束
在我离开的那些日子里
她为我保留了，每一次日出时的光亮
每一株禾苗抽穗时的景象
每一棵野草摇曳时的样子和每一句最熟悉的乡音
她保留了一切，只等我回来
像小时候母亲赶集那样，从衣服兜里掏出最香甜的糖
给你，母亲说
给你，我的家乡说
她总是给予，从未索取
给我树木，花香和果实；给我土地、河流、风和星光
那天
我随父亲上山拜祭爷爷奶奶
父亲指着坟墓边上的空地说
到时候，他和母亲就埋在那旁边
我鼻子一酸，眼泪就流了下来

我知道
我的家乡，她还会给我最后一部分
一抔泥土，一丛野草以及我所喜爱的花朵

作者简介： 邓西，女，有长篇小说《路过一棵开花的树》《鲸歌岛的夏天》等出版。现居五指山市。

在岸边

符　力

松　果

作为贮存阳光、雨水和鸟鸣的
一个小小的仓库，作为
一朵花的回忆，我生活在风雨枝头：
烈日暴晒，黑暗侵蚀
没有谁的温暖和甜意让我皮肤湿润、面容慈祥
没有谁的思想和拥抱让我
惊涛拍岸、星光璀璨
时日短，欢情薄，沙子那么小的幸福
也是我认领的幸福，星球那么大的痛苦侵占不了
我命运的全部
是下雪的时候了，是上帝忽然明白
该放弃些什么的时候了
我打开所有的箱包和抽屉
当私藏的一切，捧起来就会令双手颤抖的一切
归还大地。当我真正成为一个空壳之人
轻松找到我，带我朝梦的外部
跳伞

平原上的黄昏

突然，雁群呼啦啦地拍打翅膀
直趋南方。流水的记忆
浮现去国者的身影
——在河畔，在离去之前
他们绕了大半圈

斜阳里的园子：空了
静得令人发慌
喜鹊、乌鸦也不知躲到哪里去了
难道是，不知所起的风暴
即将来临

园子外的天空下，柳树、栎树、桦树、杨树
如此贫穷：叶子掉光
上无片瓦，哪里都去不了
榉树、朴树、椴树、栾树、槐树、枫树
如此无助：人人自危，不可自拔
哪里都去不了
七叶树、白果树、合欢树、悬铃木
勉强度日，都在那里
等着

等着。暮色四起
寒风一遍又一遍地搜刮
麻雀饿死
落日砸向平原尽头的群山
溅起满天星斗
那星斗，那河汉，那遥远的光明和温暖
属于过去和未来的人们
这你知道，我知道

穿过马路之前

大暑当前，立秋已近
几朵月季仍在开放：红的、黄的、绿的
谈不上饱满、丰润，不适合形容为：
灿烂，或者光彩照人

那样的存在，是一种死撑
一种病态

三十年前，我早就衰老了
三年前，我来到这座城市，离家五千里
反反复复穿过此处：农展馆南路
混迹于年轻人当中，从地铁口涌出来，穿过
纷纷雪飘的清晨，沙沙叶落的午后

这样的存在，是一种死撑
一种病态

此刻，我停住脚步，在滚滚车流的岸上
在整片月季的近旁
我看了她们一眼，在穿过马路之前
她们，也看了我一眼

在岸边

冰消雪融。清溪重获天才演奏家的灵感
旧时琴声回到小小的山村

花枝插遍原野。孩子们的纸鸢
慢慢飞升，越飞天越蓝

雨燕归来，穿柳丝，越湖面
过水田。命运为轻盈之人敞开千万条去路

我没有追问，我在岸边寻思：
大地到底做了些什么，才获得如此浩荡的赏赐

七　夕

没有男人，我们三个不也这样过来了
——她们并排坐在石条上

有一句没一句地谈心。枝叶在飘摇
长椅在不远处：空着
斜照斜进林荫道里，并没有填补了什么

下班的年轻人匆匆赶路。我老了
混迹于赶路人当中，经过法院门口
拐进小巷之前，我回头看去——
她们三人还待在那里。她们看起来还比较年轻
从背后照着她们的橘黄色的光
已经消失

作者简介：符力，男，有诗集《奔跑的青草》等出版。现居北京。

晨　光

方世国

海　路

每个夜晚
我们都把星星的光辉
忽略不计，关心这片港湾，桅杆上的
灯盏，一盏接着一盏，把海面渲染
夜渐深，渔火阑珊处的潮水
已经疲惫，泊在海面上的
小船，多么孤独
多么寂寞
我也困了，该回到大海边
我的这间小屋里入睡
夜，这么深沉、冰凉，你仍不敢打盹
望着夜空的星座，等待那颗闪烁的
北斗，指给明天驶出的
那条海路，明朗一些
开阔一些

脱贫村的早晨

天刚亮，远近的山林
还缠绕着薄雾，而树枝上的鸟儿
已用它们清脆的声音
叫醒了整个村庄。从黑夜里
响动起来的，最先是
开门的声音，鸡鸣声，狗叫声
然后是吆喝牲口的声音……

炊烟陆续升起
人们扛着锄头，相继走出庭院
为了这样的早晨，我们努力了三年
现在，我们不再入户督促了
我们只在村委会门前的村道上
和正在下地的扶贫对象
相互微笑、问候

有几个背着书包的孩子
从对面的村道走来，其中那两个
脱贫户孩子的小身影
像晨光中跳跃的
两只鸟儿

晨　光

天刚刚放亮
缠绕在山间的晨雾
被鸟语驱散
山谷里的庄稼、毛豆，和火龙果
新鲜地呈现在
晨光里，那么丰满
那么活泼
这时的村庄里，孩子们已经上学
大人们正在下地干活
他们扛着锄头
从蝴蝶和蜻蜓的身边走过
牛背上的燕子
腾空飞起
把田野上空的那一大片蓝
剪成流动的清风
天气凉爽起来
放羊人把羊群赶上山坡，赶往
明亮的高处
这时旭日初升，山下的田野
和村庄，阳光荡漾
生机盎然

叫我一声久违的乳名

至今，让我最伤感的
是童年的那些记忆，竟然
被弄丢了
连珍藏月光碎片的景物
都没了踪影，封存在我童真里的
我的乳名，连同村庄的旧时光
已被一概淹没

那时，我像一片薄云
只因一阵风的缘故，漂浮在远方的
那片天空。一旦遭遇了冷空气
没有一滴雨水，落在
安慰自己的土地上

如果余生有幸，我宁愿
退回到村庄的草地，让父老乡亲
叫我一声久违的乳名
这时家乡的天空，就有
一片归来的云，被乡情举起
就有一片云做的雨，落在
芬芳的泥土里

海南岛：女性柔情的温存家园

一

海南岛的嬗变，是古典女性的
一场旷日已久的温存弥漫，更是现代版
爱情典故里，那只美丽的花鹿
顺从神的旨意，在南中国海的人间天堂
向着中原大地脉脉回头

其实，海水滋润的海南岛
有女性般水灵的特质。海南岛的每一棵
树，都是我的姐姐或妹妹
大海从不忘记——
公元 527 年的天空下，海南岛依然荒昧
和野性，而威镇天海的冼夫人
从马背上洒下的盈盈秋波，让一座海岛
安静而多情。时到宋末明初
黄道婆沦落天涯，这位童养媳转身蝶变
被戴上“衣被天下”的光环
承蒙黎族姐妹的滴水之恩，和海南岛
女性家园的深情和睦

在天涯海角，猛然回头的仙鹿少女

嫣然一笑，那是时光定格给一座海岛的
温存一笑，并且柔情如水

二

海南的山，清秀，从大地的胸脯
隆起，像母亲丰满的乳房
三月的木棉花开了，绽放着时光的火红
和热烈。这时，你忘记山外流年
而山那边姑娘们甜美的山歌，已带着你
去感受一场春天的浪漫
海南的绿水，乳汁一样甘甜
南渡江穿越岩石、山岳、森林，和平原
三百多公里的曲折迂回，哺育圣贤
滋养两岸苍生

海南的山水和每一个海南人都互相牵拌
海南的男人，像山一样粗犷、豪爽
让亲爱的女人，把日子过得像水一样的
滋润。而海南的女人，柔情、温婉
荡漾着水的清波

海南岛的初冬，天空安谧
我们品赏阳光的味道，北方少女的泳装
点缀天涯春意。这时，我想送她
一枚椰果，让一泓清泉润过妹妹的心田

但我怕，怕她只陶醉于椰风海韵
忘记今夕何夕，和回家的路

作者简介：方世国，男，有诗集《疯长的乡愁》等出版。现居乐东。

母瑞山

韩芍夷

敬畏

一字一句斟酌着文字
生怕轻慢　或放错地方
弄痛了它们

常常　难产的文字
胎死腹中
如骨骼里的痛
密不透风

对文字的瘾
疗愈的良药
把敬畏贴在心口

字与字的遇见
连筋带骨的孪生

母瑞山

黎母山　母瑞山
一切与母体有关的命名
都在我心中昂扬成
宽广　慈爱　包容

山峦延绵
母仪万千
蓝天碧波里
惊艳着火种　战旗或血
母瑞山革命纪念馆内
隔着时光
我依然触到信仰滚烫的热烈
一如我心中绽放的红木棉

光　影

光掌握着方向
将万物叠成扁平
影的浓淡　远近
已与厚薄无关
艳丽无关
枯荣无关

所有的繁华锦绣
四季更迭
被光的意志
折射出简约水墨
水墨里的黑　或灰
蕴含着平等的高贵

在江边

夜晚　在江边
从空气的忠诚中
掂出自由的重量
没有什么　能阻止你的眼睛
仰望天空　追随星光
没有什么　能阻止你与清风撞怀
知己一生
没有什么　能禁锢你思想的天马行空
肆意翱翔
没有什么　能囿住你的心胸
向往宽广
及字句在心脑中
开出诗的花朵
忌讳者　想象它的毒素
欣赏者　闻到它的芬芳

甘南草原

没有线条切割的天空
白云拽着我
肆意掠过群山
我需要一个扑倒在地的姿势
拥抱泥土的冰清玉洁
跑马放牧的草山平原
放纵了我一生的奔放
颜色与颜色的叠加
律动中
与身体构成对话
如果一生的时间都聚集脸上
那一秒的笑容
就是刻给草原的徽章

作者简介：韩芍夷，女，有长篇小说《伤祭》、中篇小说集《目光里的对峙》等出版。现居海口。

在更远的山坡上

黄海星

橘子花的气息

终于，我不再固执爱
不再去远方，寻找所谓的风景
这里丛林并不茂密，空气中仍有浮尘
但泉水潺潺，阳光疏朗
每一片树叶都顺着心灵的指令
追赶春风，泛绿
终于，我不再用全身心去谛听
世界每一个声音
急流勇退。据守乌有之山
关闭记忆之门
只容留一个人一张侧脸
带着子夜露水的气息，氤氲而来
并保持耳朵的警惕
终于，我与这个世界解除了
纠葛不清的关系
把模拟的背影，把一束

背道而驰的光交给他们埋葬
“没有什么比顺畅的呼吸更为重要，
星月寂寥，我偏爱的橘子花此刻散发迷人气息”

在更远的山坡上

午后的风，吹过无边的蔗林
我打开窗户，就能看见那些熟悉的身影
在七月的天空下哗啦啦地摇晃
一群乌鸦或者麻雀
一次次，一飞冲天，把那些绿色的
梦寐惊醒。我想起更远的甘蔗林，在更远的山坡上
徘徊。这些善良的少年
在不为人所知的地方，以巨大的耐心，固守
并独享苦涩的甜蜜和忧伤

静　夜

深夜醒来，窗外漆黑
三两只蟋蟀在唧唧地叫着
你看不见它们，也辨不清
这细细的声音来自何方
但你知道那株永不肯老去的芒果树
仍将站在那里，守着墙角的寂静
在很深很深的夜里，陪伴蟋蟀一同度过

很黑很黑的时光
就像一个早已习惯了孤独的人
借着微弱的星光，安抚另一颗
孤独的小小的心

此 刻

那些阳光的喧响是安静的。那些在风中
摇摆的狗尾草，是安静的
高处的山铁树习惯了高处，看见了什么
也掩盖了什么。两只灰麻雀低声
嘀咕——它们是寂寞的
习惯了云的流淌和人世的兴衰
小小少年怀揣空想，仿佛坐在昨日美好的
阳光里，像急于脱离枝头的花萼，追风而去
也似年轻时充满憧憬的山雀，翻过
一道道陌生的山冈
此刻，就是此刻，你所看到的是
一个步履蹒跚的男人，他神情疲惫
脊背微微弯曲，多像故园那片弧形的山坡
远处的江水迷茫，他脸上铺着的那层
安详，与眼前的落日多么相似

赶路的蚂蚁

雷雨过后，坚硬的南方顿时变得柔软
繁茂的阳桃树，青涩的果子在枝头早已按捺不住
膨胀的欲望。屋后。高高的丝瓜架上，雷公马
在呆呆眺望什么。那些梳妆、打扮
总是无厘头拌嘴的麻雀，一阵热闹之后
怀揣心事，在空置多年的屋檐下各自归于平静
而在豆荚上跳来跳去的乌鸦，不善言语，眼神明亮
沉迷于不被惊扰的快乐。此刻，一列赶路的蚂蚁
肩扛粮食，顶着巨大的暮色艰难前行
我细心地扶起一株伏地的玉米，告诉她：
你要有足够的耐心和等待

作者简介：黄海星，男，有诗集《向左向右》《简单幸福》等出版。现居琼海。

初夏的家园

黄辛力

枫木鹿场印象

坚硬的地板
使榕树的根无法深入泥土
只能在地板上喘息
在喘息里继续延伸
延伸成一片奇特的图形

招牌交付给岁月深处
杂草在时间里狂长
猴儿抢尽先机
霸占鹿的家园
不堪机器的轰鸣声
鹿，或消失或死亡
幸存者退守在角落里
看着嚣张的猴子
熟悉而又陌生的人类

路已非路
我在泥泞中寻找
干净的去处

黄昏 · 南渡江畔

周末闲逛
在南渡江之东标上注脚
坐拥海棠玉米
背靠我熟悉的乡景
水鸭黄牛撩拨着我
看着前面静静的江水
还有稍纵即逝的落日
听渔舟唱晚
想象日月同辉的样子

江底下隧道的车流不见
晚霞波光渔舟水草同框
静却不想致远
与不远的楼房有心距
与那些僵硬的地板、呆板的物质有心距
与不解风情水泥有心距

渴望一阵风
渴望不成熟的庄稼早日成熟

渴望那片绿早日变红
变白或变黄
渴望我背后的靠山
依然如故
披金戴银

东郊椰林

一棵
又一棵
数不清多少棵
低的高的
老的嫩的
几世同堂
直的斜的
千姿百态
红的绿的
风情万种

同在一片海滩
同在一片沙土地
可是仙人挥动彩笔
将白纸染红涂绿
与蔚蓝站在一起
于是乎

贫瘠的土地
有了生动与标致
有了绵延千年的人间烟火
有了精彩纷呈的故事
有了傲人的炫资

徜徉在椰林小径上
犹投进温暖的大家庭
兄弟姐妹相亲相爱
亲密无间
血脉相连
那棵撑天的老椰
刻录着祖辈柔情与韧性
忠贞与神圣

忽闻八哥欢唱
知否游子回来
俯拾一粒沙子
我的心如池塘里的红莲
含情绽放
不论今昔

初夏的家园

不闻市声
避开车流

扑向沙土地的柔软
躲开尘土飞扬的世界
让乡情彻底放纵
让爱重新回归
犹如黄皮垂挂着金黄
莲雾披绿戴红
独享一方
自由
惬意

家鸡不需要笼困
狗儿不需要绳牵
椰树轻抚着蓝天
缓缓地
低吟
所有的一切都在自然中舒展
一个喷嚏
圆了亲人无限的思念
挥挥手
又不忍看到您惜别的泪眼
忆念或期盼
都无法越过那片常青的芭蕉林

初夏的家园
寂静而又热闹着

烈日有知
暖风有知
肆无忌惮的小鸟有知
我又何尝不是如斯

雨中探访溪北书院

方位不重要
只要是书院
天气不重要
哪怕是狂风骤雨
书香似酒香
愈久愈浓
那两棵大叶榄仁树
依旧那么茂盛常青
犹如潘公的学识和情怀
常青百年乃至更久
暴雨湿身
双眼迷蒙
潘公的形象依然可现
琅琅读书声依稀贯耳
当然，感受最深是
风雨飘摇中
破门坏窗沉重的呼吸
无情岁月里

残垣断壁悲寂的颤抖
还有身边一位老人的
祈愿声
当然，打湿我的不是
从天而降的雨水
来去匆匆的风

作者简介：黄辛力，男，有诗集《红与绿》《夜的眼》等出版。现居海口。

海南岛，不是传说

李孟伦

守 望

我以风的身姿和水的形体自由地游弋大海
从每一滴水里想象魁梧的高山优雅的河流
以及每一尾鱼游离在水道里的过去与未来
想象每一个岛屿上孤独的椰树和狂野的风
以及荒弃在沙滩孤寂了主人多年的小木船
想象桃花汛时抹不去的昔日成了一种向往
想念那已匿迹在风中摇曳了千年的海防林
一排排拔地而起的高楼如风中竖立的琴弦
任海风吹拂任夏雨飘洒任北来的候鸟冬藏
在夕阳西下入海的地带在目光忘返的地方
没有伯牙没有子期没有高山也没有了流水
也没有昔日大雁清脆的鸣叫响彻云端的美
儿时追逐的羔羊成了蓝天一朵飘过的白云
我故乡的身躯承载不起红尘飘过来的幸福
每一回回归自然的身影绚烂了每一片天空
我的故乡我的牛羊我的姑娘成了一抹夕阳

走向了大山的背后大地的背后大海的背后
让我最后一滴泪花开到了天上开到月亮上

海南岛，不是传说

海南岛，比水年轻上万年的海南岛
以自己的魅力风姿美丽了整个世界
海南岛，是老子宇宙里的一粒瑰宝
在万顷的碧波中一尘不染熠熠生辉
海南岛，你是怎样的一个海南岛啊
不问你从哪来来了就是最好的回答
也许是女娲补苍天留下来的五色石
让万物有了灵气有了爱情繁衍生命
也许是上天留在大海的第三只天眼
看护着世界风云的变幻和风生水起
也许是上苍馈赠于大海的一枚心脏
让海洋生生不息让三千界活力高涨
抑或这是上苍滑下的一颗温润的泪
孕育万物彼此有情有欲有种有悲悯
抑或这是汤谷十个太阳诞生的地方
没有雪和冬天只有阳光和万物生长
拔海而起的海南岛哟不是一个传说
创下一个个奇迹形成了不变的现实
如今，以大海的手打造自由贸易港
让九天看到了岛上大风起兮云飞扬

海浪拥抱了上千上万年的海南岛哟
春风里生长着一拨拨说不完的故事
让风去说让雨去说让我的大海去说

我不知道什么时候我来到这个岛上
当金乌从海底飞出我就牧牛于荒原
当银兔漫步田野我就鞭羊暮归梓里
阳光在草尖上点燃日子在碗边游离
在卧剥莲蓬负日多年以后我才发现
我家门口漂泊着一条出海多年的船
这条船有着风雨的分量和海的声音
隐隐约约的纹理是袅绕大地的炊烟
还有我的父辈弄潮耕海牧渔的身影
以乘风破浪姿势在风雨中踏浪前行
而我呢，独坐在不慌不忙的月色里
与老子以春水煮茶在碧溪垂钓春秋
在麒麟出现的地方牵黄看凤鸣幽谷
聆听山涧的泉水在鸟语花香中流淌
当饮露的知了在南枝上高鸣于天下
我就来到大海上与渔父杯中见天地
当李白的月照亮秋水我已慢慢长大
当绽放的梅花悄然地飘出一缕清香
我已发现村子里的春天从冬天开始
还有一颗我母亲滚烫的泪在阳光下
于是我穿过子美的风和易安的庭院

带着一枝海棠一朵郁金香走向大地
追逐天际线下田田稻花香里的蛙鸣

我回来的那一天

我回来的那一天
黄莺飞上了柳枝
在文澜江边啼鸣
抖擞了不少枝叶上的风雨
在晨曦里璀璨了路上行人
看百姓的炊烟随晨雾袅绕升起
老树也发春了花儿在次序绽放

我回来的那一天
懒云在江心笑开了脸
成群的鱼儿互相逐趣
我，躺在一瓣莲花上
不需要青蚨来献血
就饱阅了碧空万里的长天
还有一江源远流长的春水

我回来的那一天
高山岭上青云起
于是，我向上天
借了三尺甘霖扯了一片朝霞

给予我的大地煮好了一壶茶
来到文澜江入海处
一行白鹭飞上了青天

我的希望不仅仅是一座花园

我，生长在大海中央
像莲盛开的浪花之上
在太阳最早抵达的地方
披着漫天朝霞临风玉立
看上天垂象
看七月流火
看风起云扬
看四海歌唱
于是，在太阳底下
我的希望不仅仅是一座花园
还有风还有雨还有光和远方

一枚枫叶在风中点燃了我的秋
点燃了秋的天空带来无边的美
让风让雨让万物欣然追逐而来
同时若隐若现的秋霜悄然降临
看不见的新冠病毒也越洋岛上
渐入人们的呼吸蚕食人们的肺
已经三年了，三年来

从西半球到东半球
从大西洋到北冰洋
从太平洋到印度洋
一路随人漂洋过海
顺势而上逆势而行
从五指山到万泉河
从尖峰岭到文澜江
从西海岸到东海岸
从白云生处到南海之滨
当所有的微粒归于尘世
当所有的雾霭随风飘散
当所有的生命回归自然
当爱被爱所宰割后躺平
绿色的空气顿然沉寂了
苍鹰在苍天上叹息
布谷鸟在大地呜咽
江河咆哮了
大海在怒吼
在枫叶点燃的天空里
人，打开了肉体的门
死亡在死亡中诞生
生命在生命中升华
又一次见凤凰涅槃

今天，在城市拐角的地方

人们一个接一个张开嘴巴
等待通向生命通道的检视
有的左牵黄，有的右擎苍
用说话的眼你看我我看你
没有流露出半句多余的话
在这失语的世界里
——除了风就是风
说不完的话让风去说
没人能知道明天会发生什么
整座城在无声中已沉寂下来
一朵玫瑰逃离了城市
在荒原地带悄然绽放
独自享受独处的自然
没有牛没有马没有人烟没有鸟鸣
余下静态的城是一个变色的口罩
人啊生在口罩外活在口罩内
在口罩中生存在口罩中死亡
于是，在这四面环海的岛上
深深的院子里没有了海棠淡淡的花香
围墙内再也没人问津红杏是否已出墙
李白的白鹿是否真的还放牧在青崖涧
唯是那长长的陋巷里飘来了几缕丁香
院子里的路在去年的月光下独自徘徊
如今，谁还记得老家门前的松风竹影
还有松风竹影下牧牛暮归村庄的小路

今天，再没有人关心儿时牧归的村庄
今天，再没有人关心北斗又要去何方
今天，再没有人关心都市将变成何样
今天，我只关心此时万人空巷的今天
今天，我只关心星火点燃半空的今天
今天，我发现了在四面楚歌的院子里
人啊高出自己高出了院子高出了今天

今天，是一花一世界的日子
所有出城的道所有进村的路
都已被阳光笼罩被正气把守
道上没有了往日的车水马龙
道上没有了往日的人来人往
道上没有了往日的拥挤不堪
道上越来越宽敞越来越荒凉
谁知道佛系的道将通向远方
翻开日子——
去年的清明节已经回不去了
今年的盂兰大节也回不去了
没有了烛台高筑
没有了香火缭绕
没有了纸船向天烧
每到晚上故乡的芭蕉雨啊
一直在我心底摇曳到天明
今天，风轻轻告诉我——

离地三尺有神明
我心有莲花
佛在我心中
今天，一束曙光从海平面升起
黑夜随就拈花微笑遁入了空门
如今，大海高出大地高出岛屿
一切都在海中诞生在海中成长
于是，我凌波大海上追赶太阳
让生命在生命中绽放

风，从海上来
席卷了岛上的雾霭
带来一场绿色的雨
荡涤了宇间的尘埃
纯净了人们的呼吸
呼吸着绿色的空气
在太阳升起的地方
一面红旗在风中高高飘扬
白衣天使从四面八方赶来
宛若驾云来的菩萨挟着风
带来了青柳枝和净瓶甘露
让人们以仰望太阳的高度仰望
整个城市静态了
整个村庄静态了
人与人也静态了

从街头到巷尾
从村前到村后
从一个院子到另一个院子
从一个房子到另一个房子
从一个人到另一个人
让死神没有领地
让死亡无处逃藏
处处是白衣出入的身影
累倒了就以大地为席稍息片刻
继而以气为力忘我地忙活开来
将自己汗水和生命植入海岛上
让大地多一方生机
让蓝天多一朵白云
让人间多一分温暖
让生命多一线希望
让我风中的玫瑰花在远方绽放
如同姑娘胸前耀眼的一枚钻石
来自大地深处森林的煤的火焰
点燃成火山爆发出美丽的火花
灿烂了整个夜空和大海的生命
天使挟着风，徐徐地从海上来
卷走了岛上肆虐多日来的瘴气
让其在大洋里湮没在大洋里灭亡
在白衣天使面前
三角梅花盛开了

春天也就不远了
于是，人们从房子里面走了出来
走向大地走向了阳光走向了未来

我站在大海中央
太阳出来了
月亮出来了
星星出来了
我的百姓我的姑娘我的羔羊都出来了
还有老子的青牛孔子的麒麟都出来了
还有李白的白鹿庄子的鲲鹏都出来了
我的海南岛我的自由贸易港蒸蒸日上
我站在大海之上
我的希望不仅仅是一座花园
还有风还有雨还有光和远方

作者简介：李孟伦，男，有诗集《青黄集》《走入世纪的瞳孔》等出版。现居海口。

一座通往故乡的桥

李林青

窗　外

站在窗台边
望见白沙门公园的树
视线由翠绿过渡到蔚蓝
没有发生战争
琼州海峡被时间的流沙慢慢渗透
面对大海我知道自己要做些什么
我把捡到的潮声重新撒入海里
让细沙经过指缝流回海床
任海风拂去我的满身疲惫然后放声痛哭
我能做的仅此而已
而大海回馈我的却让我不安
它给我草原上的睡眠
阳光中的向日葵
一个像雪浪一样宁静的白昼

一座通往故乡的桥

直到一座新铺的桥通往故乡
记忆从此不再泥泞

稻浪飞驰
大海展现金黄
我愿意把能够想象的色彩
全倾洒在这片厚实的土地上
春雷滚过
夏雨洗过
秋霜染过
冬阳烘过
一切都以一座桥为纽带
四季轮替
父亲从桥上走向庄稼
夕阳从桥上走向海面
风从桥上走向风
我从桥上走向故乡

我看见整片的森林在燃烧

清明时节
我穿过一片森林接着蹚过一条小河
去看我沉睡的祖先
在河的对岸在转身之际
我目睹刚刚经过的森林在剧烈燃烧
那些蓝色的火焰瞬间染黑了它自己
从现在开始
所有的草木

已被这个疯狂的下午收割
那些流浪的鸟儿
再也找不到落脚点
我所蹚过的小河
再也找不到自己的影子
我的眼睛
从此山无棱
草木为竭

老街的花店

那是一间只有一个人忙碌的玻璃屋
羞涩的玫瑰可以望见深夜升起的太阳
卖花的姑娘
被花朵簇拥
难道理想的生活不应该是这样的吗
风不再掀动思想的石头
水不再打湿精神的火焰
在眼睛闭上之前
在一念之间
星星和花朵忽然失重
用纸质的布层层包扎的微笑
在紧紧握住祝福之际
却在无意间看见
伤口在滴血

致废弃的小学校园

一切都是在经历中经过
一座废弃的小学校园
像校园附近的稻田
当金黄的稻浪逝去
人们会看见六月深深的焦虑
荒寂的校园
翻飞着记忆的蝴蝶
破损的玻璃窗随风摆动
黑黑的窗口仿佛一只黑黑的眼睛
它在无声的关注
每一间教室的动静
关注孩子们手持煤油灯走向岁月深处
它甚至还关注稻田
关注啄食稻穗的麻雀
像孩子似的飞临校园
见证所有的一切已成往事

作者简介：李林青，男，有诗文集《书随水逝》《秋山集》等出版。现居海口。

桐海叙事

李其文

新年第一天

我想以此说出内心的话——
可是早起的鸟鸣，比我先开了口
时间拉开天空的窗帘，那里有一片
肥沃的土地。和无边的大海
我在等一阵晨风，并借它的双手
去触摸大地上的作物，跟以田地为伍的人
招手。去触碰被海浪拍打后的灯塔
新年的第一天。我不知道还会发生什么
还会诞生怎样的明天
有些种子已乔迁新居了，我的行程
来自一场对话，来自无限延伸的远方
路上，我坚信会遇见一只蜗牛
它的爬行是慢的哲学，不舍昼夜
应该还会遇见一条河流
在我出生前就存在的河流，我需要
游过去，然后爬上一座山岭

或许，在那个高处，可以看见东边的
日出，和西边的落日
我想写一封信，写给过去的自己
没有华丽的词句，也没有忧伤的文字
还要写给时间的赠予，写给熟悉和陌生的人
在新年的第一天，还需问候——
你好，新的大地，河流，村庄，晨暮……
你好，新的挫折，喜悦，认知，收获……
你好，新的明天，新的自己

立　春

灶台里的火依然很旺
一根干柴告诉我的——
不只是灰烬，还有过往
我想风会划出一条路，我希望
蜿蜒的，我在那曲折的节点
站立，等春天的到来
和它一道走近一棵树，或一片森林

在立春的这一天，我写了一封信
寄给三十多年来走出的脚印
还寄给熟悉和陌生的人
我把生活教会我的，都写了进去
信中有说——

我昨晚梦见那只蜗牛了
它夜踏星光，朝饮晨露，也会像我一样
对每一片绿叶点头示意

蜗 牛

已过立冬，一只蜗牛在爬着
每爬行一步，落下的树叶会在半空中停留
雨滴，降落在硬壳的瞬间都会总结
四季在一片硕大的叶片上拉开的脉络

我需要停下来，通过
时间堆积的石板上的青苔
去测量它爬过的痕迹，当然
除此之外还有别的方式，去猜测这只蜗牛
它要爬向雨林中庞大的树干
抑或，无可命名的更远的远方

我想会有阳光，落在它的眼前
但我更想告诉它——
阳光，落在一根树枝上时，那是一条路
落在沾有雨露的小草上时，便是等待的春天

桐海叙事

除了想象，我有变形的天空
风把海吹到天上，从渔网中脱掉的鱼
在白天里复活，游弋，
寻找珊瑚和游上陆地的距离。

我必须，给每一条水纹自由
不分东西，也可以不分南北。
像房子一样的蔓延，
像寄身于此的渔民，进进出出。

他们熟悉海的性情，也熟悉我周围
每一艘渔船、每一个栈道、每一根柱子的
隐喻或以咸腥味去阐释的部分。
如我再次所见的小女孩，难以言喻的喜悦。

十二月，我和一群蚂蚁驮着一朵云

一只蚂蚁。无数的蚂蚁，像众生
在挖出的沙粒中，比较大小、数量、得失
和见证死亡。它们微小的身躯
驮着庞大的昆虫躯体、米粒、剩肉、树叶……
负重前行。在十二月的阳光下

有序的脚印，是我用三十多年寻找的道路
从农村到城市，从城市到农村
不止一次被夜色覆盖，被晨光重塑
一年中，雨季的到来是必然的
那只蚂蚁。数不清的蚂蚁，它们害怕
雨滴汇聚的河流，害怕天晴后的一无所有
我希望他们在人群中认出我
一个像蚂蚁一样的人类。习惯于劳苦
搬运和等待。我将借于它们
渡过河流的方舟，栖身之所和无尽的粮食
当我无法给予它们一切时
我便和它们一起
驮着天上的云朵，飘向远方

作者简介：李其文，男，黎族，有诗集《往开阔地去》、小说集《火中取炭》等出版。现居陵水。

致西川与1993年的那个夏天

李　唐

你可曾还记得1993年的那个夏天
那时的北京
地铁还只是一个雏形
一个井字而已
我们去的终点是五棵松还是公主坟
在记忆里
已经有些模糊了

简单的行囊
除了书
就只有几件衣服和厚厚的手写的文稿
一笔一画
写的都是对人生的希冀和虔诚的庄重
北京·93诗之夏
一个迷人的主题
我们相会在一个部级招待所里
一个简约的放大版的四合院
没有虚荣的显摆
冠冕堂皇的应酬

略带失望的内心挣扎着
更多的是对未来的期望

那时候
海子还不是今天的海子
面朝大海　春暖花开
也只是他对着他的女神孤独的情话
那时候
他的血未冷
音容还在耳畔
据说山海关的铁轨上
依稀还可以看到他刺眼的鲜血
灿若晨星
或者
在旭日下闪耀着不可名状的光斑

那时候
你含泪说着海子的悲情
还有你的忧伤
像京广线一样漫长

你说　他的赴死
让我们感慨万分
你说　诗歌已死
诗人已逝

难道诗歌真的就需要用心去酿造
用血去粉饰
用泪去回忆

你还说
你现在是茫然无措的孤儿
你不知道对错真假
也不知道是非黑白了
你要逃离
去非洲　去南极
去无人的荒岛
苟延残喘　余生
你说你没有他的才情
也没他的胆识和勇气

你说……
你还说了什么
我也不记得了
有时候健忘真的是一件好事
少些记忆
或许要少更多的贪　嗔　痴

西川
我还记得你浓密的大胡子

朴素的夹克
给我们讲你经历的黑夜
还有黑白不明的白天

我记得还有那位教授先生
一个清瘦的男人
其貌不扬　名字很美
他给我们讲诗歌和情感
飞舞着手臂
那时候
他八岁的女儿刚刚在《诗刊》上发表了组诗
让我们嫉妒
也羡慕不已

西川
你是否还有记忆
那个 1993 年的夏天
似乎并不炎热的北京
早上好像还有一些清凉
或者是因为诗歌我们忘却是炎热或是烦闷
我记得我在某一个早晨还第一次吃了
一份特别的早餐
叫　煎饼果子

那时候

我们刚刚走出校门
怀揣梦想
睥睨天下
藐视世俗
激扬文字

那时
我们就像钻进象牙塔的老鼠
自命不凡
傲娇不已
或许还会　撒一泡尿
树一杆旗

那时候
我说　我不喜欢每天写一首诗的诗人
哪怕他是教授　抑或
是一个倾城美人
怎么能每天有一首诗呢
李白也没有啊
他们只是调皮的孩子
积木玩得好而已

那时候
教授还不老
你和他都笑了

说　你这孩子

那时候
纵然世俗拿着白白胖胖的馒头
引诱高悬头顶
但我们不管不顾
哪怕是威胁说明天把我们吊死在缪斯的门口

西川
你的大胡子是否依然
你的热泪还有吗
你还能慷慨激昂
还有挥洒明天的勇气吗

人世沧桑
白驹过隙
李唐已不再是李唐
你还是那个西川
吗

作者简介：李唐，男，有长篇小说《亲爱的我在天涯等你》《吓破胆》系列等出版。现居海口。

我必须宽容

林江合

春　颂

我从未忘记
你大理石般　鲜花盛开的胸膛
你深如汪洋的眼睛

——这是不求上进的酒鬼酩酊的理由
不愿劳作者刻下碑文的时刻

你给予农夫肉体的深沉惩罚
给予这些可怜人　期盼的煎熬

我很庆幸
在年轻时　能目睹你轻快的一面
不至于　还未赞颂你的独裁

便沉没在行尸走肉般
四季的更替

我必须宽容

我必须宽容
我——必须要宽容!
即使海水激涌的浪花溅射不到峭壁
——壁上的城堡
城墙将会铭记
用不朽的指尖
托起是或不是蓝色的天空
即将或永远不会下沉的陆地
我看见所有人
在空气的痣里
颜色深浅
熔化的
光的大小
叶片痛到弓起腰
突起的血管
蜿蜒潇洒
——像执刀轻笑的大侠
在他的最后一丝风里
蔓延成
痣

帆

忽然想起啄木鸟
忽然想起帆

突然
远远的夜色——
距离长得从地球另一端绕回

穿透了我
夹杂着鸟鸣围拢过来
我在让人窒息的静默中
大声喊着
喊每一个我可以亲切称呼的人
我把我自己升起像帆
风儿摇曳

寒　冷

黑暗中
它悄悄地来了
没有任何声音

指尖在颤抖

远远的

我看见了

一只黑色的蝴蝶

它的翅膀

在拼命挥动

我清楚记得

它在我身体周围

词　典

我们在初春的田野上围猎暮色

一朵　凝固的海浪

从它的根部开始向上炽烈

渔妇背对着田野沉默

短短一根夜晚隔断了这偏心的乡愁

沉默。沉默在幕布里千千万万

愤怒的公牛嘶吼

春日里鼻炎再一次成为杀手

白昼里的黑影

在坑洼里它们伸出手！他们

雪茄最后燃剩下的骨骼

大海与土地的欢愉

在嘴里咸味绽放出重生的狂欢
我注定是
一片飘零的蓝色抵抗

作者简介：林江合，男，有诗集《神秘星空》《我必须宽容》等出版。现居北京。

鸟儿与雨

孙令爱

爱

瓶子里插着干枯的野花
野花不掉落，只等风吹进来的时候左右摇晃

泡了玫瑰花茶的棕色瓷杯
有人在龇牙咬着

鹁鸪在咕咕地叫
天要下雨或刚放晴

穿过一片不为人知的森林之后
在一个黄金时代的分界处遇见

综上所述
我爱你是自然的

雨　录

傍晚七点左右下了一场大雨
防护网上的雨滴沿着钢圈迅速流动
而后垂直掉落
从六楼匆忙乘坐电梯下去
步行九十八步后上车
TAXI 播放着实时交通电台
可见度五米内，师傅轻踩油门
蓝牙耳机显示已耗电过半
窗外
有人在雨里长出硕大的雨衣
身上的翅膀蜷缩了起来
而树木从来都是袒露自己的房子
打喷嚏　跺脚　搓手
我冲进雨里
我要如何在这雨里提取出时间的痕迹
我还在车里想着这世界啊
干燥的空气湿漉漉的心

那里有一条林荫大道

那里有一条林荫大道，道上百草丛生
只有我的家在那里

快活的眸子翻卷着
胃在滚动呕吐
当道上百草丛生
黑暗的泡桐树延伸、延伸
直插在一面旧墙顶端
我是旧墙顶端上唯一的访问者
或者以前也来过别的什么人

树上
黄狗舔舐伤口
吃完食物的猫舔舐的是自己的毛
那时候人也咂嘴舔唇起来
我的家在树上

鸟儿与雨

天气越来越冷
连续下了两个星期的雨
衣服怎么也晒不干
一片潮湿中我们的心也跟着湿润起来
我们在屋内撕扯一个面包
肉松的碎屑撒在桌子底下
无数只夜鸟赶集般飞了进来
像窜逃的难民带来晦涩难懂的漆黑
周遭烟雾笼罩，有人用手拨开浓雾

鸟儿们浑厚的嗓音在高空回荡
为我们衔来几片墨绿叶子
高空以降雨映衬
我们躲了起来，在地面一低矮处
呼吸声逐渐平缓
我们好久没有一起躲雨了
就像很久以前我陪你走夜路
即使手电筒不灵光
还是走了很长的路程

通　往

一行人穿过一条狭窄的乡村小路
要去到荆棘丛生的小河边
一边走
一边将身上的荆棘果子一颗颗摘下
是呀
我们总要摘除一些东西
直到暮色四合
这一天才算圆满结束
一行人两手空空沿着原路返回
满身夜色在路途中散发着光
其中一人指着说
这是我的背影

我望向遥远的天际
不知道那是什么东西
不知道它忽闪忽闪的意义
兴许此刻我们正走着
或者明天也如此
一行人被分成了四个方向
蹚过这水洼
在宽敞的后座睡着
梦里有满树枝丫

作者简介：孙令爱，女，作品散见于《天涯》《诗林》等。现居儋州。

阴　影

森　森

过琼州海峡

果然，尽管悲壮
或者血泪湿透半页史书
在琼州海峡两岸
我却找不到一丝渡海的痕迹
他们从哪里上船，又在哪里靠岸
那只小船的笔在大海铺开的纸张上
颤颤巍巍留下的轨迹
早被海风收藏进历史的某个角落
这些被贬的人们行色匆匆
在陌生之地迈出了艰难的步履
我看到他们每迈出一步
蛮荒就消退了十里
他们手执火把唱吟诗赋点燃了灶膛的火
也照亮了乡民们纯朴怅然的脸
此时隔山隔海朝堂的喧嚣
已消失在清脆的流水和婉转的鸟鸣声中
每次通过琼州海峡，我都在想

这一次我是在替谁过的海
又在替谁还乡

石头村

最初引起我惊奇的是
面前无处不在的黑色石头
这些千万年前火山岩浆留下来的产物
棱角分明，满身疤痕
它们被用来砌成一座座房子，垒成一堵堵围墙
更多地被埋在地下，或露出半截身子
在村巷内，我仿佛进入了石头阵
那些站立的、卧躺的、蹲坐的
石门、石凳、石臼、石磨、石碑、石雕
让石头复活，以另一种形态点缀人间
当我把手贴在粗糙的石面上
我看到在漫长的过程中，火慢慢地熄灭
那奔腾的血脉早已融入这片土地
成了地下甘洌的泉水
成了石缝里倔强生长的草木
成了勤劳质朴的乡野村民
在一个夏日午后，我走进石头村
在充满古意的绿色中
我心安神定，仿佛归来

火山人家

意念中的火，并没有让人感觉到灼热
一个烈日当空的上午，在昌道村
我们站在伟岸的加布树下，感受微风的温柔
以及纯朴的乡音与笑脸
我们迈步之时，才发现有成熟的黄皮
正站在路旁，探出圆鼓鼓的脸
在绿荫下，我见到了熟悉的“老朋友”：
肾蕨、益智、刺竹、石斛、金银花、桃金娘
又认识了一些“新朋友”：
豆蔻、释迦、倒吊笔、鸟巢蕨、牛大力
它们长势良好、无畏无惧，让我难以相信
这曾经是一块只有满地黝黑石头的土地
也让我难以想象，这满眼的生命力
是怎样从古至今，从石头缝里
掏出土壤与水分，长成粮食和果蔬
兴旺了一代又一代子孙

阴　影

入冬之后，我房间的窗户微开着
有好几次，几只小黄蜂不知如何飞进了房间
像是觅食，又像是迷路

绕着天花板、墙壁、衣柜、窗帘
或者趴在透明的玻璃窗上
每一次我都尽快打开窗户，一只一只地
把它们引出窗外
一天中午，一只小黄蜂的尸体躺在窗台上
被阳光覆盖，苍白得像我的脸
而窗闭着
从那以后，每一次我在关窗之前
都要仔细四处察看
好像我是一个做错事的人

望庐山瀑布

水有一个特性，就是奋不顾身
在庐山，李白看到的水，飞流直下三千尺
与 1300 年后的我看到的
同属一个姿势
我的身边人潮汹涌，他却那么孤单
孤单的人容易情绪化，看不到事物的本质
于是瀑布的美，便被他写绝了
而我看到的水珠
化成雾状散在空中，或者重重地砸在石头上
来不及叫痛就起身离开
水声轰鸣，这种念头一闪而过
在三叠泉的底部，往上望去，山路陡峭

走路的、坐轿的、拄拐的、牵扶的
像瀑布一般往下赶
我看到自己像一粒水珠，幸福地
融入了李白的古诗里

作者简介：森森，男，有诗集《隔岸》等出版。现居屯昌。

用墨才能画出乡村的夜晚

王广俊

在秋天出一次远门

每到秋天，我的思想就会出一次远门
暖和的天气适合思想在繁盛的大地上走一走
跑马的人是英雄，赶驴的人是诗人
我既没有骏马，也没有犟驴
一个凡夫俗子背着思想的行囊像苦行僧一样
不知今夕何年，不见大雁送来锦书，走着走着
穿越他乡的风花雪月，仰视高山上的雪莲
如果我也孤舟蓑笠，寒江独钓，忘掉枫林晚
我一定会脱胎换骨，思想也会化茧成蝶
那么我以什么样的姿态现身，思想又将现身何处

空　出

空出天空给秋天
让秋天更加辽远，雁声无边
江边的水草繁茂丰盈

路旁的灌木丛长势高过桉树林
空出寺院给凡人
让凡人成为迎着海风的菩提，叶落无声
让每一个人都是自己的观音端坐于莲花台
俯头闭目，默念人世间的情爱悲欢
空出山峰给我
空出内海给我
你是我的领土，我的国度
第一次攀爬，注定了我是你的臣民
又是你的君王，能够君临天下，指点江山
而时间没有空出来给我们
秋风没有空出来给成熟而爆裂的果核

这一次，我不约上你

最好在春夏之交
回到久远的乡村
天上已经给人间充足的雨水
金灿灿的阳光逐渐铺满大地
爬树藤　灌木丛　无名草
万物这么忙碌着生长
这一次，我不约上你
准备让心情闲静下来
最好成为一个失忆的陌路人
在村前池塘边的古榕树下

静静地坐上一天
偶尔看一看蜻蜓点水
看一看赶着搬家的蚂蚁
它们这么繁忙
顾不上和我打招呼
它们究竟要把食物搬到哪里
在雨水到来之前
还有低飞的燕子扑入眼帘
还有小鱼时而跃出水面
村里人懂得一些农事时令谚语
他们会提前到冬瓜园里
架好瓜藤，清一清排水沟
我想起赤脚走在田埂上的童年
田园一直延伸到风起云飞的地方

重复之事

明知道我在重复着一件毫无意义的事情
我还是经常于楼道的窗前仔细观察
长年累月站在窗外的槟榔树，枝干不长粗
叶羽在三楼的玻璃窗之上，果子累累挂在眼前
立春之后颜色逐渐变得如夕光一样金黄
年年如此，不知道它们什么时候才相继老去
园林工人再种上新的植物，比如一些外来树种
波斯皂荚或者花旗木，春天一来便满树繁花

当然它们不比二月的木棉花红艳，不如五月的凤凰花热烈
三个月的花期和满地的落红，足够激发工作之余的诗情
问题是，在这些槟榔树长得非常精神的时候
我不懂得把目光投向远处的一片空地
那里只长着一些青草，有小丘的地方是灌木丛
没有一条林荫道通向四季分明的景象
明知道它等着我在青草间栽上一些名贵的树
砌好一条如小河一样弯弯的流向溪河的曲径
明知道这样的事对于我是多么有意义
我还是留恋着窗外近在眼前的春色
窗外的景物默不作声，却成了我的一部分

用墨才能画出乡村的夜晚

夜幕降临，天空褪色
任何人的思想都开始色盲
我听到房屋和树木在谈话
它们像两个老人，越是健忘越健谈
这是乡村最深远的风景，最浓的
两团墨，其余的都已淡出我的视线
这些年，我习惯于乡村的夜色
让我看不到太多繁杂的事物
看不到更多的由物及人，由表及里
别人也看不到我内心深处的伤感
夜已提前入冬了，寒露霜降已过

漆黑不是荒凉，寂静不是贫乏
而我只有墨的轻与重
用墨才能画出乡村的夜晚

作者简介：王广俊，男，作品散见于《诗刊》《海南日报》等。现居澄迈。

一场明亮的雨水

王谨宇

临水而居

午后的故乡，如同一座香火散尽的寺庙
它慵懒的呼吸，来自尘土腹部
蓝空之外，旷野隔着一场风
描摹稻田青翠的睡姿。蜂蝶飞过积水的低洼地
暖阳在院子里，解读一树花开的秘密

临水而居，让一些事物变得柔软，坚韧
且温润如玉。像河流的内心
此刻整个村庄，还往返于静默的路上
当浓荫伸出安逸的利爪。只有稀疏狗叫
在俯身捡拾满地的轻盈，明朗，以及空幽的光影

这个春日的下午

这个春日的下午，微凉
沉寂，没有阳光

一些声音莫名响起
它们在近旁的草丛，又仿佛是远处的对岸

时光隐约在晃动，我的内心也跟着晃动
那些静立的树木却垂下头颅
说不清声响的来路与去向，说不清
从何时开始然后何时结束

各种混音就这么交织在一起：
有金属撞击，玻璃破碎
有离枝鸟鸣，仰天长叹
还有抱着一团火嚎叫，耳边细语

它们依附着大地，不间歇地响动
仿佛走失多年的我喊出的疼痛

一场明亮的雨水

河边浅滩，密布着
歪斜的旧时足迹
有时闻见
一些腐朽的气味
自上游而来
有时空无人影
更多时候，芦苇轻微摇动

它一生都在等待
一场明亮的雨水

野　趣

秋收时节，晒谷场上飞来一群鸟
嬉戏，啄食，留下几坨粪便后
又飞走了
晚霞映照着黑褐色的翅膀
仿佛映照离别的过往

远处，焚烧的稻草是野趣的
浓烟是野趣的
积水的低洼地是野趣的
田间遗落的谷粒，牧童的歌谣，遍地芳香
是野趣的
我身后巨大的虚无也是野趣的

风雨之夜

风雨交加时，房屋以假寐的姿态存在
窗外闪现的雷电，让夜空具有
魔幻般的力量。谁也难以分辨
到底是风吹乱了雨，还是雨淋湿了风

而死去的灵魂，总会在此时苏醒
然后起身，行走，与万物对话
然后避开凶猛的雨水，抵达安息之地

面对黑夜的躯壳，我们身轻如燕
任由体内所有重负，羽毛一样飘飞
又返回。连同长出的思想
和沦陷的时光，最终掉进巨大的虚空里

作者简介：王谨宇，男，黎族，有诗集《那个向命运索取月光的人》等出版。现居陵水。

一个海湾

王卓森

海湾落日

我驱车一百多公里
在海岛最热的时节
来到这里，只为了看一眼
一颗清凉的落日

在黑夜来到之前
大海调亮了心情
我不知道，这样一颗赤红的天体
宇宙如何把它送到我跟前
我伸向西边的手掌，没有思想
与海平面连成一条无穷无尽的线
被时间怀疑的存在，抵不过
出现在沙滩尽头的一片木麻黄
和一阵从豁口吹来的海风

我离开时

天边红得让鸟儿失声
无论什么时候
在色彩狂奔的路上，声音总是回到巢穴
安静之中
谁听过一颗落日的声响

一个海湾

看上去，这个海湾已经等了我一万年
但它不知道我已踏访无数次

一群岩石在沸腾
从山的边缘向海的内心，投去孤寂
松树林里有一只松鼠
它先于我发现对方
我与它日光相遇的那一刻，黄昏后退
海浪成了一只沉默的手风琴
在这片荒滩的众生聚会里
谁都有一点野性和矜持

高坡上有一座房子
空窗和柱子是望海的姿态
夜色之下，星星出来
邪思将跌倒在海崖的最高处
一粒沙砸下来就飞起的浪花，其实

一直在承担着大海的沉重
我来时，海面和树叶都闪着粼光
我一身琐碎，也被它们打乱了
从野菠萝带刺的叶丛间隙看过去
一片水，一道沙梁，一群寂寞的白云
此处有什么胜境，又有什么玄机
唯余苍茫

作者简介：王卓森，男，有散文集《村庄的私语》等出版。现居海口。

怀念夏季

王晓冰

芒　种

青草又开始结籽了
它不得不小心翼翼
牛羚又该启程了
它要追随远方的暴风，和
雷声阵阵

麦子已被收割
齿轮取代了镰刀
柴油取代了汗水
引擎取代了肌肉
麦粒被高效夺走了香气

我像烈日下越缩越小的水
哭是百感交集时唯一能做的事
出生之河也是葬身之地
我像洄游之鱼

循着幼年的气息前进
为你连接海洋和森林

起风的时候
夜色将我们淹没
我们一直跳舞
直到黎明

冬　至

后半夜比前半夜更冷

《太阳岛上》的旋律
无缘由地萦绕
我吟不出
歌曲的结尾和开头

窗台上花枝招展
我只能采下其中的一束
盛开的，含苞的
都不想失去
最喜爱的红色
有最长的波长
最低的量能

想念的时候，会梦游

熄掉所有的灯

逃出钢筋水泥的森林

去看天边的繁星

我们已经错过了太多太多

可见与不可见的光

高悬的拱形星河

像黑夜的脊梁

在篝火边

在星空下

在两次坍缩之间

在我们一起达到的高度、温度和深度里

我像岩石被碾压，被融化，被重塑

习惯了朝一个方向熟睡

冬至的早晨

我的耳朵

一只白，一只红

小　寒

晨光熹微时

才敢放心去睡

至少黑暗暂时不会加深

黑角羚逃走了
突然变向的风
出卖了狮子的气味
没有黑角羚的嗅觉和速度
也没有兔子360度的警戒视野
我们唯一能做的，就是祈祷
不要被狮子发现
不要被不明飞行物命中

河流的凶险
不在于它的水量
在于它神秘莫测的性情
在冰河上行走
最大的赌注不是脚下
而是天空

怀念夏季

大太阳底下
我们搬着凳子挪来挪去
追着明亮却不耀眼的树荫

怀念那些——
先于预告的抵达

先于消失的存在
先于离散的汇聚

梦里突然冒出来的人告诉我
昨天夜里
又一个男孩走丢了
又一个男孩诞生

大　寒

有极夜就有极昼
我们是宇宙里的尘埃
也是尘埃里的宇宙

一整年，就这么过去了
是谁把我们走过的万水千山
压扁成纸剪的窗花
又是谁，拨快或拧慢了我们的时钟？

天黑了
我加快了脚步
一个褴褛的少年迎面撞上我
然后飞奔而逃
影子倏然消失
我绝望地顿足

一遍又一遍翻查行囊
所有的东西都在
我什么都没有丢

窗外的大楼
以每周一层的速度长高
今天早晨
它正式遮蔽了我的前方：
蛇一样游动的高铁
“钉子户”破旧的危楼
垃圾箱里翻找旧纸箱和空瓶子的老妪
另一个更大工地上蠕动的推土车和挖掘机

最遥远的星光
亿万年后才能到达地球
那些早已死去的星星
用它们活着时候的光
照射我们被异化和扭曲的面容

作者简介：王晓冰，有诗集《备忘录》等出版。现居海口。

时间足够仁慈

邹　旭

岛上生活

我多刺
仅用于考验我的盾

我向荒原走去
路劈开我

向草木走去
成为一片叶子的胎记

在走向一朵花的路上
我不想告诉你
我也曾羞涩万分

像果实坠向天空
眩晕，来不及尖叫

在云朵里翻筋斗
想我的人，记得向我眨眼
像星星一样

小可爱，你说的天堂
是不是亮着一盏多余的灯

我要把它移走
你那儿，或者我这儿
由你确定

时间足够仁慈

时间踮着脚尖在树梢上走
它跑起来的时候，我便听到了风声

沙沙……沙沙沙……
是在唤我的小名哩

我就是不应答它，我的脸上
刚出现皱纹，我的手还不冷

是的，不冷。我的心
也还没有碎到不可收拾的境地

我要它着急地哭
从一道山冈扑到另一道山冈

呜——呜——
我要它用一场大雪为我这根鹅毛压惊

闪电河

我同她交换过闪电
一整天，我痴痴呆呆

偶尔雀跃
正像被闪电击中的样子

桦皮岭

天空弯下腰
把一条云做的哈达系在我的颈上

遍地的野花，叫得上名字的请随风回家
叫不上的从此浪迹天涯

不要对我心存幻想，不要
对一个盲人谈起苍茫的远方，或永远

亲爱的，原谅我没有想你
原谅我将整个世界遗忘，就像

经幡顾自飘动，忘了诵经一样

滹沱河上游

唯有白云适合探亲
石头
循着水的来路堆满天空

燕子在头顶荡秋千
神靠近我且在我沉默时开口——
你要相信梦想和脚掌的力量

我偶尔的慌张是无力举起群山这尊鼎
偶尔的嘚瑟是把汉字
还原出山水的神韵

阳光像父亲的巴掌不由分说地打在脸上
月光是另一位亲人，几乎被我遗忘
我伸出双手也无法将她搀扶

啊——疼！
没有什么痛苦不能被一杯酒稀释

一杯不行就来一瓶

啊——疼！
它是幸福的乳名
是脚掌与梦想之间不朽的里程

神悄悄靠近我，在我开口时沉默
鱼在水中剔牙，顺便
把骨头拆给了深沉的河流

作者简介：邹旭，男，有诗集《抬头看见月亮》《地方志》等出版。现居海口。

海的晚期风格

郑纪鹏

之一

将来——三十三岁之时，
回忆起我还算年轻的二〇二〇年春末，
曾携友人去白沙门顾睨偏激的海鸥，
它们的翅膀从天际延展到海平面，
与海浪建立起松动的自然关系。
偏见仅仅存在于两次扇动翅膀的间隙，
夕照裹挟了太平洋的晚来风急，
在风中，我们头发凌乱，谈论眼前事，
令人头皮发麻——“看呐，大海是倾斜的画框！”
抄起手机给视野所及的风景留影时，
我们作如是观——亦如是我闻：
“大海，大海啊，永远在重新开始！”
当时，保罗·瓦雷里关于大海的时间预报，
此时是否依然站在浪头？往后是否继续生效？

之二

当海鸥隐遁于白沙门的暮色中，
海的音响趋于沉寂，海的舞台退去，
帷幕徐徐落下，将我、友人及游人覆盖。
从帷幕的另一侧，涌出一片年轻的海，
也许，那仅仅是一滴水，一阵叹息荡漾——
有意无意中推波助澜，将笑声送上海滩。
彼时，三十三岁的海还不能以“大”命名，
海的时间在退步，我们的退路又在何处？
彼时，三十三岁的海是否也曾听见
巨兽咀嚼蕨类植物窸窸窣窣的声音？
此时，在天体运行的过程中，
我的倾斜与倾斜的大海方向相反。
我，身体前倾是为了接近古老的疑问——
“野老与人争席罢，海鸥何事更相疑？”

之三

“善于放弃，及时止损。”
友人在晚风中的告诫，很快就随晚风散去。
然后呢？我们依旧无法追问出
海曾经的结构以及海的晚期风格。
人类眼中的浩瀚，兴许就是星云坠落时刻，

大海竟然和我们一样渺小，狭义相对论
渐渐融化在广义之中，我们则融化在海水之中。
大海啊永远在重新开始……抑或凝固？
待那条大鱼吞下我们，将是何等奇妙；
别样的风景引诱我们身处其中，
我们谈论海，海也应和着我们。
海的晚期风格也许是一次意外——
“约拿做着他施的梦，
醒来却是在尼尼微。”

作者简介： 郑纪鹏，男，有作品发表于《江南诗》《青春》等。现居海口。

兰洋诗笺

郑南浩

渔　妇

两只鱼篓始终荡溜溜晃悠悠。
一条扁担从十五岁出发，
挑起了一路的阳光；
拐过二十五岁的码头，
挑起了一个家，是母亲。
当青春被海水刨净，
她连袜子都脱得很慢，
很慢。不是速度，而是温度。
有时候来自叹息声的内部；
不是疼痛，而是心的灌木区，
有时候出于风湿痛的未曾拧干。
遇到冬天，海岸带来几分潮湿，
仿佛季节拖出长长的尾巴。
母亲的鱼篓也很湿，
一如从前，生活也很湿。
一个渔妇从入嫁的那天起，

她贫瘠的脚步，随之迎来潮起潮落，
和海水沤过两个秋千似的鱼篓，
奔走，在日出日落的掌纹上。

晚眺新英湾

……向黄昏酹下一盅酒。
乌云的阴谋，滔天的浊浪，阳光遁逃，
瞬间，海水变酒水，醺醉了天空。
看一切有的发生，慢慢退为无。
当我平静地喊了一声：退潮了——
像一个年迈的水手，
把酒酹下，向酒杯斟满一杯海。

兰洋诗笺

天空大堂吧的名字起得好源于接纳月光
抚摸着白天里饱受热带阳光烘烤的故事
到了夜晚，它俨然像一个情感剧的剧本
这里的花卉和树木都是度假村剧中角色
黄金鸟热情地变换了银灰色的两只翅膀
起舞弄影的是一簇簇性情骄纵的三角梅
淑女挑水走过的小路留下鸡蛋花的微笑
此时，催醒你的是一杯标准式美国咖啡
而我打扰了一只裸着褐色尾巴的小松鼠

它机警的眼神透滴出被爱情捕获的娇羞
又像极了六月初五夜晚初次约会的姑娘
她闪过树旁，穿的镂空长裙也是银白色
葱郁的藤蔓遮住她的脸，如黎明的雨丝
飘扬，飘落，继而呼吸草地味道的呼吸
在这里，温泉以整数温度召唤你我相约
在这里，热情的平方被浇筑混凝成体内
游逛的原子。在这里，园丁种的方程式
解出青紫的叶子、深红色的花蕊，还有
硕果一扎又一扎呈现观音座的青青芭蕉

作者简介：郑南浩，男，有诗集《零印象》《轮回课》等出版。现居儋州。

孤独的事物

张晓云

怀抱向空

圆月亮，是不胜欢喜的满
也是最圆的空住在最大的空

圆在空里尽情挥霍
空在圆里用心酝酿

怀抱向空，把孤独喂胖长宽
闪电与惊雷，频频闪现与惊醒——
空是一辈子都携带的感觉

天清云开，轻咬一朵云，云游

直到把自己盘成一枚圆月
直到成为最圆最大的空

孤独的事物

是夜深的时候
那亮如白昼的冷光
那默默撤下的容妆
是风带来细细的雨
是大片的芦花白垂怜
那大片的枯叶荷

是代表众神栖息的一排大书前
怀抱一团横冲直撞的云
怎么收都收不拢

是画里的王国与画外的王国
画中人用意念骑马
画外人用欲念喂马

是谁，总在岁月里辗转反侧
辗转反侧啊
谁已辗转反侧去了天堂

泡

七零八落的思绪
丢入木桶，加热水

把羞于说出苦难的双足浸入
那微微的一烫
足以把失神的经络
从一团云雾中接回
荒废的时光啊，以出汗的方式
细细密密地，渗出
在后颈，在前胸，在额上

就这样吧，脱去衣裳
把肋骨一根根拆洗
又一根根原封不动地装上
除了，把身体安在一朵孤清的花上

北国冬日

下午五时，天已擦黑
夜来梦长，天罗地网般
醒着的，睡着的，都掉下去

短日，一缕一光攒着
捏在手心直出汗

偶见一名没心没肺的猫
旁若无人地刨土种鱼

一群喜鹊情窦还未鸣开
就已擦过树梢，飞远

剧情逼进苍茫
不断回放着眉梢的雪

作者简介：张晓云，女，作品散见于《天涯》《诗歌月刊》等。现居海口。

上去高山望平川

阿　见

上去高山望平川
平川里有一朵牡丹

尕姐儿是属于川里的
有了水
便像一朵硕大的牡丹
灿烂地盛开着
尕姐儿是属于河边的
有了水
便像一杆挺拔的牡丹
哗哗地说笑着

风带给尕姐儿雨水
尕姐儿的笑脸开始滋润
雨带给尕姐儿笑脸
尕姐儿的笑脸开始丰腴

尕姐儿的笑脸滋润了平川
平川里一片红红的牡丹

尕姐儿的笑脸催开了牡丹
一川的牡丹映红了半天

那一天我再上了高山
不见我的尕姐儿的身影和笑脸
那一日我望遍了平川
只望见了我的眼泪我的惆怅
却再也不见我的尕姐儿——
那一朵
永远不再开放了的
牡丹

作者简介：阿见，男，有散文集《渡过大雪纷飞的从前》、诗集《阿见的诗》等出版。现居海口。

奔　　跑

陈振华

雨　夜

天空洒下金属的声音
不用分辨
我知道他们的来历
这是大军毕露的锋芒
直抵年轻的城市
王妃或你
在欲望的北岸，某个窗口
彻夜难眠
饮酒作乐吧
今夜有雨
也有唐诗宋词
你的城池即将沦陷
你将被虏获
献给英俊的王

奔 跑

我在南渡江边奔跑的时候
时光聚拢而来
江岸的前世今生、草木枯荣
如江水沉郁，波澜不惊

我以这种方式追忆，面红耳赤、气喘吁吁
一粒粒打在石板上的，往事的碎片
带走生命中的盐
带着潜伏已久的感伤

从什么时候开始
我们变得慵懒，松懈不设防
日渐的平庸
直至面目全非
我拼命地奔跑
向着来时的方向
我奔跑的姿势
如举起的火把

十二中

十二中已成一堆旧房子
它年华早逝，悄然隐退

散落一地的陈年旧事
朗朗书声，青春的汗味
如我从黑板转身的背影
用什么方式抵达过去
潮湿的空气分解上课的铃声
没人再为它喝彩
没人理会它曾经唇红齿白
那些学生
我曾经的手稿
如今已寄往何方
那些同事
是否依然抑扬顿挫
在夜晚点一盏灯

十二中
市井之中，精神的站台
迎来送往之后
谁又是你最后的送行人

作者简介：陈振华，男，作品散见于《海南日报》《中国校园文学》等。现居海口。

万泉河

高 霞

海口湾

河水舒缓，海水安静
河床是开阔的。像是母亲的怀抱
汇入大海的那一刻，不舍

这个样子就像是我干瘦了的老母亲
日渐驼背，弯曲成一道道山坎
遮挡着海那边送来的风

我们取走这一湾的海水
从桥上可以看见大片的鱼群
大口喘气，如那些海鸟

鱼群在低洼处的水草里慌慌张张
人们挖取之淘洗之食之
一排排的精致的牙齿裸露出来

这沉默的水域啊，记忆之松林
一帧剪影归寂于斜阳

这时，海风吹拂椰林
蛙声陶醉在赤诚的岩石上
这个时候我多想你在我的身边
请蛙声入梦

我等待着。如同此刻
等待不远处的港口轮笛吹响

我徘徊堤岸
桥头边的红灿灿的凤凰花
红灿灿地开

似父亲的骨血，母亲的经脉
托举一盏盏航灯，朗照夜行的船舶

后安小海，我的灵魂栖息地

我是你执拗的孩子
决绝与你分离
在那个渡口
此后，纵使千辛万苦
不肯回头

我是你叛逆的浪子啊
决定赤脚走天涯
给那棵大树鞠躬
此后，纵使千难万险
不肯罢休

我是你迷途的游子
决然空手漂泊海角
与那蜿蜒海岸作别
此后，纵使千山万水
不肯住下

此后，此后
我一直浪迹天涯
那艘孤单的船只
那条单薄的蓑衣
梦牵魂绕

我是你的孩子啊
那片小海
我的灵魂栖息地
生命的灯塔

万泉河

你从五指山款款而来
涓涓细流汇至南海
宛若美丽的仙子
荡漾我心怀

是你吗？我的爱人
请你慢些吧，我们
一起万泉河里摇橹放歌
一起登仙书画街临摹一帖
一起共享书房细品嘉积书香
再把那溪仔古巷的月色
拾掇

听见了吗？我的爱人
琅琅书声从青砖黛瓦里
传来，还有那
田间地头的牛哞蛙鸣
脚步慢些吧，我的爱人
我们一起，大园村子田园牧歌
古宅里红袖添香
可好？

那一年，木棉花开

那一年
一树一树的木棉花开
泥土里，山坡上
吐着花香，揉着微风
像是给春天捎信儿
我来了

掬一瓣鲜红的木棉花苞
镶嵌在你的胸前
怒放。洒下一地的欢笑
娇柔的人儿啊
顾盼生姿
春天里
尽是一串串的疯话

五月的眼睛
穿过炎炎夏日
炫染秋的黄叶
我把对你的眷恋
于我来去的城池写下相思
在你过往的路上挂满思念
悠幽而缠绵

长长的日子里
我只能静静地遥望你
任由清风明月捎去
我对你的爱恋
捎回你的轻声细语
别我眼帘

任由秋水流淌心间
拾一片被秋天染红的枫叶
蘸满浓情蜜意
让南去的飞鸽送达
那北归的燕子呵
呢呢喃喃
可是你捎回来的甜言蜜语

我只能远远地亲吻你
在心里为你弹唱一首首情歌
让秋天的童话
谱写冬日恋曲
许我把种子播种你心田
来年春天木棉花开
再见你
再见你

你在骑楼老街等我吗

水巷口吹来祖先的汗味
以及南洋味儿的现磨咖啡香
无数的先人全在这里
老乡们在寒暄

我一次次地走进你，走进你
骑楼，我的骑楼
你是活的呀
每一栋楼都是活的

抚摸你灰白相间的女儿墙
就像抚摸着倚窗盼君归来的
少妇，凄美而多情

其实我并未读懂你的期盼
正如我不懂沧海桑田
不懂海甸河水的流向
以及风中飘逸出
大海的气味

但我知道你在等我
等我一千年
一万年……

致大榕树

枝蔓葱茏，我知道
所有爱恋在你膝下承欢
所有星光在你发尖流连
所有河流在你脚跟荡漾

那些虚情假意将被海风吹落
那一树的花开与黄叶
碾落成泥
葳蕤草木

我爱着你
如同你爱着这敦实大地
不但是与你月下呢喃
也与你携手风雨

一棵、二棵、三棵
很多棵，在山谷
平野、乡村、街巷
一天天向阳生长

不分彼此分担风霜共享雨露
繁衍生息延绵子孙

坚贞的爱情根植于大地
永不分离

我如果有忧伤
就亲吻你鼻翼下的气息
每一阵大风吹来
我们相依相偎

你用繁枝茂叶，像刀枪
像剑戟。坚固着脚下的大地
谁说独木不成林呢
千年榕树告诉我
谁是王者

作者简介：高霞，女，有诗集《我在家乡等你》《木棉花开的春天》等出版。现居海口。

三 角 梅

胡天曙

孔子雕像

穿越两千多年的时光
筑起一座人人景仰
花间散步
携三千弟子
把仁爱开成朵朵鲜花
飘香于五湖四海
有朋自远方来
让朋友醉成
天下谁人不识君
教学相长
师生共饮知识之果之琼浆
小人喻于利
小人躺在利欲熏心的怀里
醉生梦死
君子喻于义
君子在道义的盘餐上

乐乐人之醇和
与宽恭温良静静站立
风风雨雨酿成一樽樽
开怀一笑
看天上云舒云卷
晴日万里

三角梅

悄悄地
打开一树春的容颜
没有鸟儿痴情的歌唱
也没有蝴蝶醉人的探戈
晨风徐来
一叶羽衣
飘落于大地
和醺香美丽的时光里
当夏季的酷热来袭
你以一生最昂贵的
书写一地快乐与傲骨
在与风雨对抗的日子
片片残红飘飞
依然吟唱不屈和傲笑
三角梅
燃烧着一朵朵殷殷的情思

这是对大地母亲深情的依恋
和百年不变的情怀

向日葵

笔下梵高涂卉成，丹青妙手惹人惊。
轻烟贮绿朝阳暖，细茎分香兰月明。
沐得春风金叶展，承来霭露玉形生。
蜂歌蝶舞如云过，且把团心向日倾。

芒果园

平坡野岭绿云生，嫩果挂枝初长成。
郁郁园香邀鸟唱，甜甜味美惹蜂鸣。
农夫卸货林风舞，车辆载歌山径行。
玉竹洋楼鱼酒宴，吾民怿怿庆丰宁。

作者简介：胡天曙，男，黎族，有诗文集《竹雨轩笔耕》《溶溶黎山月》等出版。现居保亭。

酸 豆 树

胡亮平

在湘西，听杜鹃啼归

在湘西　我最熟悉的动物
是鸵鸟
是每一个背上都背着竹篓匆匆行走的人
像极了非洲沙漠上的鸵鸟
而我　被人生与命运
无意中抛向这里
丢弃在这里

情节是忽略不计的剧本
怒目相视却又要称兄道弟
我感觉　这里最温暖的水　是羊水
最冷的火　是白日下人心从眼睛里
迸发出的冷火
像一把刚刚淬火的鸟铳　冷冷的
闪着光
我甚至隐隐听到了远处山坡上

那杜鹃啼血的哀鸣

这湘西十万大山那些叽叽喳喳的
鸟　就是我最亲的亲人啊
白天　我要聆听杜鹃的细语
这鲜花孕育的竖琴
吐血的爱情　怀乡　歌唱
这是物欲时代　提炼的最纯最纯的香气
夜晚　我迷惑于啄木鸟的
声音　尖喙钉子样凿进我的孤单和困顿
一下一个空洞
像那场逼走林冲的大雪
一更紧似一更

在湘西　聆听杜鹃
化为子归　至春则啼
从未间歇地凄恻述说
归去　归去

藤桥河

藤桥河　藤桥河
离三亚那片海　越来越近了
这河边的山林　果地
多么茂盛而芬芳

我们用温暖的目光洒满天空
勘察山林　种地除草
我们相信明天一定会更美好
相信明天的美好
如啼鸣于藤桥河水面上的鸟儿一样
轻盈　灵动
优美地划过一道道弧线

腊八节，咱在南山种田

腊八节，咱在南山种田
在一个名叫赤田的水库
测量搬砖砌墙
累了，喝一口那湖边长大的椰子
鲜美的椰子水　清润一下嗓子

其实天很蓝，云总要散
其实海不宽，此岸连彼岸
其实如果有可能，我也想做一个果地农户
家里小院遍地奔走的山鸡
湖边青青的百香果脆香　脆香
挺拔的椰子树　满树的香蕉　菠罗蜜
还有那湖里成群的花斑鱼
悠然呼吸着的野甲鱼、乌龟和黄鳝

是的，这腊八节的空气里
长满美好与祝福
我们在海之南
一个曾经叫三道的国营农场
整地，修理，抚平
这稍稍骚动不安的地球一角

酸豆树

日光穿过热带雨林
一缕缕　挥洒在大地之上
万物郁郁葱葱，绿荫盖地
站在离三亚湾很近的地方
一个名叫草别村的小山村
一棵巨大的酸豆树下
思绪飘飞

别小觑酸豆树名字的低微，谦卑
它顽强生长　从非洲远涉重洋
终成南海边硕大无比的树中之王
它华盖如云　却毫不张扬
最令人不可思议的是
它茂密的树枝上生长着的二回羽状复叶
极像传说中的山合欢　夜合欢

原来，我开始想你了，亲爱的
这满树枝密繁茂
恰如你丰满弹性而柔软无比的身姿
这葳蕤婀娜的羽状复叶
恰如你的眼神
如电　令人猝不及防
如雨　令你甘愿被浇透
如雾　令我不识庐山真面目
你是我三亚湾边的山合欢
你是我海南热带雨林里的夜合欢啊

是的，无论你叫酸豆树
还是叫山合欢　夜合欢
你是我的爱人
是我漫山追逐的热带雨林的山神，女鬼
是我摇曳在三亚湾上空的海神，女妖
极像你的另一个名字“罗望子”那样
时时刻刻　都在南海边望眼欲穿
等着你的归期
——我的爱人

作者简介： 胡亮平，男，有诗集《沧海桑田》等出版。现居海口。

大山的呼唤

何顺昌

买把青菜过七夕

晨曦里，在菜市场的入口
一个小女孩。怀抱着红玫瑰
手上举着一枝。迎着我
“叔叔给阿姨买朵玫瑰花吧”
哦，明天就是七夕了。买一枝吧
我看着妻子，妻子也看着我
四目相对，两条视线上，泛起了红晕
“还是买把青菜吧”
妻子轻轻地说

大山的呼唤

老家后山石墙上有个石洞
碗口那么大，能拍出动听的声音
乡亲们亲切地叫它，喷喷鼓
那年我爬上陡峭的石墙，用我那千层底

第一次奏出了天籁之音
浑厚、悠远、深沉，如从远古传来
老人说这声音能传到五十里外的县衙
那时我不信
风雨侵蚀，现在我相信了
因为那喷喷鼓传出的，分明是
大山的呼唤

奶奶的烟袋

老家方圆几十里都知道
烟袋杆长长的。我比过，那年比我高点
我在这头点火，奶奶在那头吧嗒吧嗒
我好奇，缠着问奶奶。她笑着说
以前吃不饱饭，抽口烟就饱了
我不信。一天吃三顿饭，奶奶抽十多次

烟味太大。奶奶边抽边咳嗽。也呛人
我领到第一份工资，给奶奶买了一条茅庐
还有白河桥、大前门、红塔山
那年探亲，从海南还买了万宝路、希尔顿
有了香烟，奶奶还是离不了烟袋
不抽烟时，奶奶把烟袋当拐杖

奶奶离开我们十多年了

我是半年后从家信中知道的
父亲说，还是老胃病
要了奶奶的命。要命的还有那
长长的烟袋

作者简介：何顺昌，男，作品散见于《解放军报》《海南日报》等。现居三亚。

你为什么在夜雨中哭泣

贺澜起

靠着一辆小汽车的后备厢
蹲在昏昏欲睡的路灯下
蹲在细雨中
一遍又一遍
你对着手机哭诉
为什么呀……　为什么呀……
似在寻找着答案
又似在诉说委屈

举着雨伞或穿着雨披的路人
匆匆而过
有几个脚步迟疑了一下
也只是向你投去匆匆一瞥
又急行在夜雨里

是为了让雨水擦去　或掩护
你无助的泪水
还是为了让夜色淹没　你
没有答案的追问

是让天地与你同悲
还是让风雨与你同戚

你为什么在夜雨中哭泣

没有人走过去安慰你
也没有人扶你到别人的檐下
躲避

你的每一声哭泣
都会让这夜色愈加凝重
你的每一滴泪水
都会给这细雨增添寒意

有多少人想知道你
为什么在风雨中哭泣
又有多少人想起了
曾在夜雨中哭泣的自己

作者简介：贺澜起，男，作品散见于《厦门文学》《天涯》等。现居五指山市。

阳光每一天都到达

洪光焕

那堆柴火

我无法忘记那堆横七竖八的木柴
在老屋前两棵高大的苦楝树下

这些弯弯曲曲的木柴来自山坡或溪谷
我常常躺在柴堆上仰望星空

父亲的叮咛伴着泪水流淌在我的耳畔
星光如柴火映照着母亲的脸庞

阳光每一天都到达

每一天，宇宙的恩惠
到达海平线、山巅、树梢和云霞
照亮千家万户的屋顶和天窗
温暖地拥抱万物，舔舐每个人的梦

逃　离

就像鸟儿厌倦了天空
就像秋叶想飞离树枝
就像地平线缺少旭日或落晖的光芒
你的眼中没有风景

早　晨

黑夜将我托出水面
将我放在荷花尖尖的苞上
在河岸边，饮马的声音也是水鸟鸣叫的声音
在河岸边，有一双神仙的眼睛
将我细细端详

我像婴儿般睁开双眼
我将在神的注视中
走进神的家中

番托村的春天

仿佛山栏酒酿饮醉后的苏醒
远山朦胧，如诗如画
山坡上的木棉绽放着春光

清澈的山溪水像一只跳跃的花鹿
追逐着，朝着大海的方向
燕子啁啾，衔来泥土的芬芳
村道如木棉树的枝丫
为迎接八方的朋友，伸展炽热的臂膀

三月的阳光，江南的木梳
齐整的庄稼都有一个金色的梦
纷纷扑打着翠绿的翅膀
向上生长，向上飞翔
善良的农夫总是俯身土地
游客们在高过人头的茄子地里穿梭
他们不禁连连呼喊："茄子！茄子！"
爱美的人们，喜欢在春天留下勤劳的身影

腰杆挺直的槟榔树，似乎在盘点去年的硕果
悄悄转身，又把一串串珍珠挂满枝头
身价高涨的朝天椒牛气冲天
番托人古铜色的脸庞上洋溢着幸福的笑容
船形屋已远去，楼房俨然
房前屋后，轿车成列
黎家的日子如门上火红的春联
"脱贫致富"正闪闪发光

阳光三月，我们行走在美丽的乡村

春暖花开，内心的感动如潮水澎湃
绿水青山间，春天的列车正呼啸而来
向着村庄，向着远方

作者简介：洪光焕，男，有诗集《五月的村庄》《诗意五指山》（合集）等出版。现居五指山市。

三月，我在番托村等你

吉才惠

清晨
大山深处，小鸟在枝头欢唱
小山村伸了个懒腰，从梦中醒来

村道旁
花儿露出了笑靥
蜜蜂、蝴蝶轻快飞来，争相亲吻花儿的脸庞

田野里
茄子、辣椒和玉米
早已穿好彩色的盛装，列队迎候远方的客人

山脚下
那棵木棉树，手撑一把红伞
一颗炽热的心，痴情地守望

墙面上
信仰的图腾，神态各异
它们虔诚地讲述着美丽动人的传说故事

三月，徜徉在番托村
一波一波的绿在春风里荡漾
我的心儿也随之翻腾

作者简介： 吉才惠，男，有诗集《缘份的天空》等出版。现居保亭。

归　乡

金　戈

去外婆家的路

只要我能，找到
那条又弯又长
布满野菊花的小径
穿过鹧鸪声声的茅草园
看见一棵粗壮的野枇杷树
外婆家就近了——
然后翻过一座小山
经过一片木薯地
一小片池塘边的甘蔗林
就快到了——
只要我能
看到那开在村口的
红色的打碗碗花
还有一些列队欢迎的
飞舞的小蜻蜓、小蝴蝶
以及忙于衔泥筑巢的
小燕子，在愉快地交谈

外婆家就到了——
当然，为了顺利到达
在出发的途中
我一定得遵照妈妈的嘱咐
必须摘几根剑麻草
扎在帽檐上

边境线上

边境线上最美的风景
红五星移动在晨曦和晚霞中
边疆喀喇昆仑并不平静
看——神圣的巡逻，踩着刀锋前进
千沟万壑露出凶险的面孔
我知道——我知道——
冰雪中他们挺立山巅甚是威严而俊美
那些高傲最终都会低头
英雄的名字照着加勒万河谷

敌军跨过边境线，跳着舞
群魔举着挑衅的手势
疯狂叫喊，仿佛林间野兽
迎上去的是他们——人民的儿子
一把把渴血的尖刀，咣啷出鞘
吼声震碎了西部雪山的寂静

肉搏——厮杀——

直到鲜血在呐喊声中迸溅
耀眼的宣言！年轻的战士不曾后退——
倒下的只是肉体，灵魂楔入大地
在边境线，有花岗岩的界碑
也有骨头竖起的界碑
——比雪光还亮的光芒升起
喀喇昆仑最壮丽的山峰也自愧不如

遗　言

"谢谢您来收拾我的东西，请抽烟！"
感激的话语，多么真挚的话语，略带一些俏皮的话语。
这是十七岁少年烈士李庆轩同志牺牲前准备好的遗言，
全部十三个字。
没有什么高大上的口号。也许他不需要喊什么口号。
他用行动，说明一切。

曾经奋战在丛林里。
魔鬼所在的地方是他前进的方向。经炮火洗礼，他成为突击队战士。
那日在战场上，手榴弹炸出一片铁花。
他扑在受伤的战友身上，用自己的身体筑造一个掩体。

那时刻，何曾有过犹豫，他献出生命，以粉身碎骨的仪式，捧出一个战士闪闪发亮的红心！

炮火撕碎的仅仅是肉体，热血已融入大地，注入咆哮的江河。
胜利已紧握手中，他的意志高高飘扬。
他用行动证明了一切。他不用喊什么口号。
五十年后，陌生的人都热泪盈眶，回味那寻常又不寻常的
一句话："谢谢您来收拾我的东西，请抽烟！"

归　乡

菜地田埂上
一双白脚
踩踏青草走来
涂红色指甲油的一双白脚
在田岸上望着
这片黑土地

远离故乡多年
变得这么白，这么嫩
我怀疑它被
许多种欲望的液体浸泡过
疲软无力

哦！一双累了的脚
是一对低头跋涉的姐妹
在城市里走过

最终回到
出走的村庄

这崭新的
勃发的村庄
哦！今日村庄也变得
这么白，这么新
比城市更加充满活力
蕴含一种宁静的
猛虎的低吼

哦！疲倦的一双白脚
裹着一层灰走来
有浅浅的笑容想要抚慰
是黑土地里忙碌的
那个摘瓜种菜的女人
女儿的脚

老母亲悄悄说
孩子，走进田里来吧
这泥巴最干净
泥里有金子
阳光，幸福，和底气

笑落何处

你说我的欢笑像一座森林
每一阵风过都会响起悦耳的声音
它自由，欢腾，酣畅淋漓
你驻足，坐在我面前，注视我
聆听那毫无杂质的交谈
沉静的脸上浮现明丽的云影天光
走过很久才猛然发现
你赞美过的笑容和声音
一瓣，一瓣，正在旅途掉落
人世的风在心坎吹，一直没能
吹回灿烂的夏日。我沉默着
徒有对紫色三角梅的呼唤
知道吗？我的欢笑应是
不凋的野兰，盛开在你途经的森林
谁遇到过它？那暖阳一样
干净、爽朗的笑，你回眸过的

作者简介：金戈，男，黎族，有诗集《黎乡仙游记》《木棉花开的声音》等出版。现居保亭。

旅人蕉

李卫国

在你曾经过的路旁
思念疯长
总是翘首盼望
却漫长而又漫长
毫无音讯的叶子写满了诗行
摇曳着
被风撕开了一个又一个口子
他不哭泣也不悲伤
兀自在这风雨里曼妙婆娑
一味地碧绿如昨

贝叶脉络清楚述说着历史
情路却如这小径
曲折漫长
岁月用翠绿写下生命的诗行
风在吟唱
我在欣赏
遥远的你

是昨日午后的光
越过半个地球凝望

作者简介：李卫国，男，有诗集《以爱之名——致幸运》等出版。现居乐东。

月　光

黎飞飞

返回村里

返回村里，野草
沿着小径起伏，山羊
咀嚼着晨曦

我爱她，甚比年轻时
爱过的少年
我沿着阴凉的绿慢慢走

走回到圆润的井口
井边我记不起名字的少妇
她正弯腰汲水

几米远的地方
应该是她的女儿，小手
抓着不知名的野花

哼哼唧唧地
不知吟咏什么歌曲
今天，我将休憩在这里

月　光

母亲，这是我们曾经遥望过的明月
——从梦中醒来，我闻到月光的香气
我向阳台走去，踩碎了几片花瓣
请把双手伸向我吧，母亲
我答应你不流泪，不再令你悲伤
看，月光又一次漫过了这座宁静的小镇
又一次来到我的窗前

作者简介：黎飞飞，女，有诗集《夏风吹过》《拎风集》等出版。现居海口。

一辆旧单车

林　颖

鱼的自述

当我身上的血与水
都结成冰的时候
我已经离开江河湖海很久很久
我也许是渴死在路上的
离开水的我
只是一个梦
在冰箱里
我像一块石头一样活着
两只眼睛
就是看透人类的窗口

朽木自然雕

时光在他身上滑过
是灰色的
记忆在他身上永远是喧闹的碧绿

鸟鸣是他不败的灵魂
如今
他已经不能代替别人的样子

在他身上自然雕琢
鸟的翅膀
风的唇印
雨的足迹
那爆裂的根骨
在荒山野岭间孤独，堕落
最终败给了一群蚂蚁
和一丛青草

一辆旧单车

静静地站在岁月的过道里
28 寸的身高
可辑写一本书的序言
对于我来说
它就是庞然大物
骑在它身上像骑大象
每一次学骑车
母亲总追在后面吼叫
生怕出去少了手脚

村后的林子
风很凉爽
车轮在弯弯曲曲的小路上和笑声一起滚动
青竹花　山稔花　柚子花
野菠萝　野香菇
甚至是露宿的野猪
在我飞奔的路上
一一撞见

晨　韵

我被几声干咳扎醒的时候
梦还紧紧扯住山坡牛羊
鸡鸣声一层层剥开夜的黑
赶早的雨滴
飘洒在我心中的田埂上
滋润着老父深爱的那一亩田
那沙沙的脚步声
像我当年把羞涩写在白纸上一样
写着一路安详

想　象

一个人的房间很空
像无肉的椰壳

这个空
可以装下山脚下的锦绣
包括花香和鸟语
我想像空调管道滴落的汽水
是从峡谷流入我内心的清泉
记忆是漾在泉水中的枫影子
袅袅婷婷的烟火
就是指向竹林的那份牵挂

作者简介：林颖，女，有诗集《心灵的花瓣》等出版。现居临高。

三月的新旧沟田洋

林　燕

亲爱的孩子

我只想这一幕终止于今天
终止于这一刻
只想替你承受
只想之后
孩子，还你以自由飞奔的天地
以阳光
以大口呼吸的空气
以嬉戏的青草坪
以你喜爱的伙伴
和成串银铃般的歌声

而我终不能
在棉签打开的那一刻
亲爱的孩子，我只能让你张嘴
让你大声地“啊”出来
那该死的病毒，快点滚出来吧

海瑞故居

你坐在辞章里
和一栋房子落在明代时期的民居里
似乎一样，接受世人的膜拜
一样对世上不能兼容的事物
拒绝和解

海水养大的孩子从黑色玄武岩的根系出发
没有任何喧嚣可以淹没这份赤诚
站在历史的风口
拔一腔豪气抵御刀剑的风寒
拆解民间的沉疴

你看，你走过的地盘
所有的稻苗都在一片青天里拔节
稻穗抬起头又垂下来
那是春风，那是故园，那是万事万物
深深的敬意

昌化江

在昌化江，每一朵木棉花都住着一个春天
他们从野生的灌木丛中站起来

从迂回的河流中走过来
从无数个文着古老纹饰的人群中穿过来
面带桃腮，眼含春水
一泻 5150 平方公里的浩荡呀
才是人间最好的聘礼

在昌化江，每一滴水都抱着一个慈悲的佛
在鸟语花香里
越过高矮不一的房屋，探过门楣
寻一处人家，生养

龙塘蛇桥

我踏上你弯曲的桥面
用了半生
你横跨羊山大地
等了我五百多年

在古朴的村落
在残垣断壁的杂草间
在被时间埋葬了的石碑前
从成化七年走到今天
你也曾被丘公一笔带进历史

走过嶙峋的山石和流水

走过不断绽放的花香
走过这沧桑又热血的人间
亿万年的烈火是一场救赎
来来往往的人踩着你坚韧的骨骼
一脸虔诚

三月的新旧沟田洋

是我想你了
你这蛰伏在羊山腹地多年的新旧沟田洋
放眼皆是新染的绿
亿万年的玄武岩垒起一座座石头桥
稻田在左，流水在右
那么多的美人儿
拎起裙角踮起脚尖
像一只只彩色的蝴蝶
在你纵横交错的阡陌上翩翩起舞

你只需一片绿
就能举起我的整个春天了
要我怎么爱你呢
三月的新旧沟田洋
守着我小小的悸动

春天把封藏的万物悉数还给辽阔的旷野

把牛羊还给渐渐清晰的草地
把草地还给河流
一片田洋
也能成全一个人的欢喜

作者简介：林燕，女，作品散见于《山东文学》《散文诗》等。现居屯昌。

三角梅写意

林尤超

海，那一片海

烈日一声不响地晃过
发梢的忧郁随风起舞
明眸里的海上，你正翩然而至
掀起一层层深蓝的温柔

连接着深深的根，这岸边的椰林
沙滩的洁白上，脚印一波覆盖着一波
分不清幸福与快乐的容颜
看不明悲哀与痛楚的痕迹
却可以看到梦的弯曲与起伏

滑落或深陷，飞翔或雀跃
直面这无休止的浪打浪
城市的昏睡依然鼾声不断
那随时来临的下半生谁可触摸
谁可相拥而眠

谁可共这摇篮曲似的南海梵音

赤贫或富有，灾祸或安详
这片海笃定永远不会平静
岸上的繁华青葱笃定日夜挺拔而摇曳
就那一条条车水马龙的缝隙间
我看见下半生的忧伤与希望结伴穿梭

浸透着浓浓的血，这纯美的夕阳
在那炊烟缭绕着的世界里
在那被夕照映红的温馨里，你已回家
那一缕缕春风依然催开枯心的涟漪，草长莺飞
尽管这路上也曾落英缤纷，苍茫萧瑟
尽管这片海曾经翻起一层层惊涛骇浪……

春天里的跋涉者

我们都是来自农村的孩子
我们都头顶着一座座山
怀里一条条清丽的奔流
跋涉一次次坎坷
跨越一个个深谷

那一座座巍峨，热火朝天
在辽阔的大地上架起了巨大的熔炉

欲熬一锅锅天粥
千山簇拥着漫山遍野的飞红点翠
投入滚烫滚烫的火锅
还要倒进长江黄河乃至这一湾琼州海峡
蔓延渗透整个季节的每一个细胞

那一片片血汗的沸腾
在这大杂烩似的天下绽放而纷扰
饥渴的工地
饥渴的钢筋混凝土
饥渴的砖头
一地廉价的烟头
到处横七竖八的啤酒瓶
麻辣烫的汤
泡沫滚滚笑脸闪闪

就这样，我们都背着一口口新时代的锅
抱着一只只活蹦乱跳的小兔和花鹿
南来北往，熙熙攘攘
披星戴月，在蛙鸣虫鸣不知愁滋味的旋律中
在背井离乡的路上狂奔
风雨兼程，兢兢业业却不知归期……

海南的冬天

一个不小心，冬至已溜过南海
碧绿的梦里涛声依旧
苦楝树将晒了多时的叶子慢慢收拢
准备光着膀子拥抱西北风

一个晨起的喷嚏，吓跑了贼精的小松鼠
它正在窗台小花园觅食，打算备点孩儿们吃的
秋天的丰实却还在舌尖上翻滚
火锅底下闪烁着一丝丝春天的火苗

候鸟们开始南迁
三角梅依旧眷恋激情燃烧的岁月
鲜艳给你看
椰林风韵不减当年
携手迎着斜风细雨
絮叨着阳光海滩的故事
守望着青山绿水的夙愿

三角梅写意

让梦想尽情绽放
抖落枯败的干枝

绿叶伴红花，不分季节

不论盆里还是地下
我都要鲜艳地活着
根连根，心连心，不管风雨

海瑞故居

隔着 472 年的时光
我看到他从这里的旧居与老母告别
满腔热血风尘仆仆地赴京赶考
瘦削的脸庞挂着一丝坚韧的希望

终于，他成了一把旷古烁今的利剑
插到坑坑洼洼的大明江山里
迄今还闪闪发光，令人感慨
绕梁之上至今还闪烁着那罢市数日凭吊的老百姓的容颜
回荡着沿江两岸站满了哭送他叶落归根的人们的悲泣

丹心凝聚的《治安疏》
珍稀的一幅《奉别贴》
身前备好的一副棺材
一桩桩震惊朝野天下皆知的拍案而起
继续向我们还原着铮铮铁骨的历史本色

斗转星移，如果这盛世有些方面如他所愿
我想一定是这天下无贪无恶
我想每一个海青天都可以幸福快乐地在故乡养老
我想，他要的肯定不多……

作者简介：林尤超，男，有作品集《像孩子一样爱着》等出版。现居海口。

在海南什寒村

冷　阳

三角梅

在天海一色的纬度里
在任意一处都是阳光和春天的地方
你看见她的鲜艳和触目惊心的红花朵
看她一次次缀满整个树身，经年累月
常开不败

曾经，我们在这样的花树下饮酒对话
从红花的边缘看天空的宽与窄
任凭花的鲜红，遮盖我们的双手
世界的大与世界的小，只在一念间
这时，我们的心是脆弱的

你可以用汪洋恣肆或欣喜繁荣来形容
它普国的红，像大把大把的呼吸
与天空的蓝，白云的白
或与青草的青，绿叶的绿
都能构成独有的空间三角

你还可以用火焰和生长的力量来形容
只是，有时它的花瓣落在静的水流里
形成清澈见底的花纹之星
与现实生活中的疲惫与灰暗
比对鲜明

我常常被这样鲜红的情景感动，而忘了
一个人有时是孤独的

在海南什寒村

在海南
在什寒村
在高山盆地
在生命富氧之地
在高过云雾的地方
在称号最美丽的乡村

什寒村，雨水前的秧苗已经入泥
红的花朵和绿的汁液鲜活醒目
你可以不闻世俗的纷杂喧嚣
俯身看一棵小草如何绽开新叶
你可以忘却尘间的哀痛烦忧
听闻山涧一只鸟雀的歌唱

山涧将迎来一阵阵响亮的合鸣

什寒村，在祖国的爱高过的南涯
在产业扶贫扶困的地理上
我宁愿清贫困苦不问年月
我宁愿披风荷锄孤语农耕
我宁愿将生命浪费在
美好的万物上

做一名出尘的隐者
让世人艳羡我的天上什寒
天外之净
素朴之心

台上种花题款

细雨下了一夜。甲辰日乙酉年
月色朦胧，霜露春早

庭院中的茉莉花开出黄酒和香气
幽似班得瑞山谷中一声赞美

春秋怀才的施父，抚琴廊亭
台上绽开种花的题款

题款一用正红盖顶，颂唱八度音
节气之后，音律像玫瑰的童年

题款二用青衣裹身，举杯邀剑影
母仪如归，月出范蠡故乡宫阙

题款三用生而有为，府山多蓬勃
神谕的蜜，径溪上羽翅起形

题款万物台上的般若，请停留一下
请将花，献给彼此深信的人。

南　山

南山，是在千年花开的地方
南山，是在万年海生的地方

南山的天空，是高大蔚蓝的
南山的大海，是浩渺无际的

南山上的春天是春天，冬天也是春天
南山的大海是大海，小溪也是大海

在南山上颂唱《般若波罗蜜多心经》
大海之水从头顶徐徐流下

山巅之花在心口骤然开放

时间在玄石上沉默
万物朝向众神的方向，但闻骨骼拔节的声音
咔咔咔，咔咔咔

南山，是谁的南山？
是谁在叩首，是谁在荷锄，是谁放下负担
在白云苍狗中听凭风声水声

当南山上的一株小草摇动，一滴水珠溅起
人世间的诸物仿佛变老，又仿佛变得轻盈
有如混沌微茫，曙光尘埃

而走上南山的子嗣和受众
是我们存在或逝去的亲人，般若波罗蜜多
珠泪垂落

父　亲

人生七十古来稀。父亲，
那些故乡的冬雪，
一直珍藏在柴垛和溪沟之中，
那些雪亮的犁铧，
一直挂印在田亩和牛牯的坎上

人生七十古来稀。父亲，
只有长的年轮才能呼吸到更纯的空气，
在经历苦痛和苍茫之后，
在细碎的生活被切割成现实的悲喜之后，
蔚蓝色的阳光，才能映照鲜花盛开的山顶

人生七十古来稀。父亲，
祖母离散的孤哀子，工农兵及小学教员，
泡洞树和苦楝树在夜里长出碗口，
挑担，读书，行耕，一脚是泥水，一脚是血泡，
弯腰的姿势比站立时更高，
命运是从故乡的山洼到潇水城的征途

人生七十古来稀。父亲，
在旧社会，在新社会，在革命的年代，在养恙的时代，
早晨与黄昏，人生之小乃天下之大，
现在，海南的阳光热烈，湘南的寒梅绽开，
油菜花像金子一样，将缀满田野

人生七十古来稀。父亲，
村塘口两百年的银杏树，苍劲有力，
白色的汁液从躯干渗落到地上，
树上的风巢，儿孙们要用木梯才能攀爬抵达，
透过疏密的枝叶才能看见远方，

看见春华秋实

人生七十古来稀。父亲，
人间正好，时辰正好，有那么多美好的景物！
包括您写在书本上的教语，
您曾穿过的一双已经脱胶的解放鞋，
它们此时静静地致意，
鸦雀无声。

作者简介： 冷阳，男，有诗集《本色》《南山种地》等出版。现居海口。

月亮与星星

陆平安

美丽的归所

周末
师生们用归心
把西边的太阳呼落
步履匆匆各归其所

余下我
还有斜阳一抹
静静地斜照着
校道上那片斜坡

校园终究被暮色淹没
变成我
变成小鸟小松鼠
最美丽的归所

窗外榕树婆娑

高擎绿意隐藏鸟窝
早起的小鸟小松鼠
在枝头作作索索

窗内树影斑驳
映照书桌轻抚砚墨
专注的我稳如石佛
把生命深处的绿色浓缩

水泥厂源源不断的声波
是我频频跳动的脉搏
远处飘来的狗吠鸡鸣
是我藏在心底的寂寞

啊，校园的周末
是一幅雕画的玉帛
画里有小鸟小松鼠
还有诗歌和我

秋之歌

——写给海南师范大学实习生

秋风瑟瑟的日子
你们踏过十月的金黄
匆匆走进乂中[①]
满满的行囊里

装满金色的梦
一场相遇，一往深情
一腔热血，一堂苦衷

网毒肆虐的校园
你们踏破寒夜的黑暗
走进孩子心中
谆谆教诲里
倾满教育的梦
丝丝雨露，声声警钟
片片丹心，缕缕春风

渺无人迹的假日
你们独守山村的洪荒
漫卷诗书，走进皓月清风
漫漫征途上
谱写生命篇章
几度风雨，几丈彩虹
几滴汗珠，几分新功

曙光初照的早晨
你们背起殷切的希望
走向灿烂前程
青春的脚步中
编织着未来的梦

一场迁移，一首诗章
一段真情，一路芬芳

①叉中：海南省昌江县叉河中学

月亮与星星

——与诗人陈义共勉

你是一首唯美的诗
每一举都是一个字
你每周送我诗一首
每个字都是珠玑

你在我贫乏的空间里
注入鲜活的血液
把淡淡的孤寂
化作浓浓的诗意

用香烟作笔
燃烧心中的情丝
让奋斗的轨迹
点缀高远的天际

蓝天是纸
白云是诗
月亮是你
我是星星

圆

我们在画一个圆
白昼当纸，黑夜作墨

我们伸出五指山
打开每个白天
我们提起尖峰岭
饱蘸每个黑夜

我们依傍漫长的海岸线
画清水湾、亚龙湾、三亚湾……

凡　尘

一缕情丝
压疼今生今世
一只滚轮
辗转地北天南
辽阔的心
一半繁花盛开
一半杂草丛生

作者简介： 陆平安，男，作品散见于各类纸刊和自媒体平台。现居昌江。

革命菜

陆登光

深山里生
密林里长
是被围困在山里的红军战士
发现了你
从此你便成为革命的一道菜
日日夜夜与红军战士在一起

你用绿色的乳汁
喂养了那场革命
你以一个参与者的身份
见证了那场血与火的斗争
你以豪迈的语言向世人宣告
红军是困不死打不败的
红军是铁打的英雄汉

当我们的红军战士
走过那段艰难的岁月
走向最后的胜利
你也走出了深山老林

走进革命的教科书里
永远激励着后人

作者简介：陆登光，男，作品散见于《天涯》《中国散文家》等。现居东方市。

突破湘江

陆胜平

在广西兴安的湘江，
曾有过一场血与火的较量。
红军在这里突破围剿，
鲜红的血在江岸流淌。

英雄们浴血奋战，
遭受了难以愈合的重伤。
但就是他们，
创造了举世闻名的辉煌！

向前进，决不退却，
红军战士意志如钢。
伟大的信仰在心中，
哪怕危难险阻、山高水长！

作者简介：陆胜平，男，有长篇小说《海南往事》（三卷本）、《罪恶》等出版。现居海口。

在地里劳作

罗丕智

我祖辈都是农民　与土地打交道
而到了我们这一代
农事已经陌生
作为一个田园迁徙者的后裔
我感到有种说不出的欠缺

灰色的围墙
高高的椰子树　龙眼树
以及地里茂盛的庄稼
我知道它们还认识我
甘洌清澈的井水
似乎解了我一生的饥渴
浓浓乡音里的温度
依旧像我身体里的血
不改颜色

为了弥补
也为了减轻年老父母的负担
我于是自寻苦吃

常常早起
给菜地浇水
除草　再施点肥
累了　就歇一下
抹把汗　喝口水
忙碌之后的清闲
也是人生的一种缓解

风从南海吹来
带着一丝咸腥
有时也会稍作停留
有如我身后有默默似老黄牛的父母
给我安慰
而我　相信乘一垄绿色
依然可以轻易驶向海的怀抱

田野的馈赠多么谦卑：
一株稻子
正沉沉地低头　深深地弯腰

作者简介：罗丕智，男，有诗集《情系家园》《天涯放歌》等出版。现居三亚。

乡野夏日

倪俊宇

话说琼剧

自琼腔方言的唇边亮相
咚锵咚咚锵走进了
有椰荫的街巷村场
水袖一甩，甩出多少离愁情怨
程途板一响，翻转几重风雨关山

椰胡弦上涌动书院掌教的正气
让书生的爱情走远，乃至南洋
烘热了椰汁鸡饭味的乡愁
题诗的红叶，重叠
剧本篇页间岁月的感叹
在高人的笔端闪出耀眼的光彩
而尖笠木屐在千年尘烟后生动
长作儋耳人的心愿
在高腔上悠悠然回荡

载酒堂的书声青葱着琼崖山水……
剧情，沿程式楔入人心
一板一腔，荡响在
生活的弦上。戏台的夜晚
比观众的年代更久长

锣鼓管弦停歇，角色
已走远。走不远的是
唇嗓间的感慨与情怀
在树下田边、村口院间
熟悉的板腔在乡音中盘旋
那许多的情节，已
伸枝展叶，在世态间生根……

乡野夏日

隐忍的蝉鸣，让绿荫的裂缝
在强光中撕痛
一溪童趣，追逐在季节的
边缘。嬉笑或者水花
撒满晒黑的晌午

青石板上，浣洗的声音
揉进了些许发黄的故事

一管牧笛，牵着田间小路
走远。在枯黄与翠绿之间
草帽和陶罐
伸展了民谣的腰身
农谚的汗滴，渍染了
夏的衣衫。南风
因此烘热时令背后
多彩的思盼

而此刻，荷塘的红
使水鸟的啭鸣，有了
诗韵的背景。豌豆花在开
一袭蜻蜓的纱翼，在花的唇
轻吻片刻，听到了
翠叶间它愉悦的絮语

秋风中的遐思

黄叶告别高枝
向下，悄然地给
滋养一树青翠的土地致意
秋虫争相朗诵
汗水写在田野上的
色彩斑斓的颂辞

而蒹葭，倚着几声断鸿
将被霜染的心事
向渐次焦急的秋风
表白，一帘秋雨
卷动谁的情愫
一些私语，让檐滴
延绵成一串串晶莹的回忆

一管箫声横贯秋水
让一朵菊花
在荡漾的幽思中颤抖
那被岁月洇化的背影
有否被晨风暮雨的凝望烫伤？
远方的你，能从
飘飞的落叶或炊烟
解读故乡那一垄垄稻穗吗？
向故土低眉或弯腰的
该是沉甸甸的乡思与亲情啊

盛夏傍晚，在海湾边

归鸟的倦翅驮去暑意
蝉鸣，也收敛成一种沉思

霞光铺金，剪出
棕榈与椰树的飘逸身姿
光与色，在云海间，时时变幻
演绎着莫奈笔下的韵味……

远处的潮声，隐约如晚钟缥缈
有人追逐着浪花在拾贝
总想收到大海的明信片
暮霭中伫立的阳伞
撑起一片温馨
回响着那些甜甜的絮语

海滩的座椅上，谁在举目海天
在静静聆听湾里微波的荡漾
抑或聆听心中泛起的涟漪？
旁边的空位，在等待什么？
是熟悉的跫音？
是久违的气息？
是等待那盼望已久的花开情节
还是撩不开的无形惆怅？

哦夕阳，慢慢阖上倦意的双眸
而半湾晚风，仍在徐徐细说
那静谧与安宁的情思……

鹿回头的传说

这是来自五指山河溪的源头
流经千年风月的传说
这是椰风协奏、海韵和音
绕着炊烟的远古黎谣……

执着的猎手，回头的仙鹿
为我们拨开人生的尘雾：
不是远方都是海一样的迷茫
不懈的追求终会演绎出传奇
看九十九座山峦的足印
看九十九道溪涧的身影
什么断崖、湍流
抑或风刀雨箭
闯过了，呈现的便是
不离不舍，美丽的千秋爱情：
有拜曼耕耘的如画田园
有帕扣绣织的斑斓黎锦
有三月三的篝火，椰荫下的竹竿舞
有让弦月含羞的口弦声声……

面对海边山崖上
传说定格成的塑像，我

不仅仅闻到山兰酿的酒香
不仅仅听到鼻箫唱的悠扬
那坚韧跋涉的晨风夕雨
哦，总在内心深处鸣响

作者简介：倪俊宇，男，有作品集《凤凰螺》《岁月的涛音》等出版。现居海口。

通向鹭港的路

倪文忠

苦楝树

老家的院子
一棵孤独的苦楝树
那些即将成熟的果实
表皮泛着青黄
像母亲浮肿的脸庞

童年时
看着鸟儿啄食果实
拍着翅膀在枝头跳跃
一副快乐的样子
可惜，那果子人不能吃

母亲用怜爱的眼神
看着那棵树
常常喃喃自语
你爹当初非要栽下

这果子不能吃的树

如今远离故土
时常会想起
苦楝树的树荫下
母亲单薄的身子
饥馑的童年往事
依然珍藏在我的内心深处。

通向鹭港的路

走过一个池塘
一条黄沙路

天上的几朵白云
飘到我们身前
一会又飘到我们身后

眼前一只白鹭
在觅食
一只白鹭
在用一只脚站着
闭目养神
另一只拍着翅膀
不一会就飞向了蓝天

我们将目光
留给　她们
又不停地迈着脚步
那只觅食的白鹭
一会儿飞到我们的前面
又停了下来
那只飞到蓝天的白鹭
又飞回来
在我们的身边
驻足养神与迷想

白鹭在自己的王国里
自由自在地生活

我们仍在原路
尽情地　欣赏
一路风光
和谐友爱
不相打扰

整个过程
有白鹭相伴
让我们沉浸
在快乐与幸福的氛围中

当我们即将离去
似乎神助的世界
真够给力
还把一个迷人的黄昏
悄悄地丢到
我们的身前与身后
让我们与白鹭
拥有与分享

雨落雨林

阳光让水汽升腾
搭载着云的便车
飘浮到
苍苍茫茫的雨林
然后聚集成水滴
纷纷从天空降落

一滴一滴
像一个个洁白的
匆匆奔赴故乡的精灵

她们悄悄地　潜入
亲吻着雨林的肌肤

她们仿佛找到了
灵魂的归宿
她们让山林润泽
让溪水丰盈

然后呢
在雨林的环抱里穿行
滋润大地
再汇入山谷溪流
告别雨林
开始了新一轮的
向海的旅行

落花时节

蝴蝶的身影
被暗黄色的荷叶收留
稀少的几粒鸟鸣
也被流水带走
夏季走得缓慢
在落花的残影里
发出长长的叹息

黄昏下

那些已没有花儿的
莲雾与海棠
如惊魂未定的来客
更加重了季节的哀愁

听　雨

一个孤独的人
站在窗前闭目静思
竟让她们魂牵梦绕

这些雨神带着苍茫
几经漂泊踏尽坎坷
绕着我的窗前飞
欲离未离

也许她们
是为了追根寻祖
或把我的陋室
当作一块圣地
已向往了几千年
思念了几万年

我还是想不明白
她们真的希望

把一支歌献给我
或把她们心中的幽怨
向我倾诉

是不是我的心
就像一座神秘的寺庙
正生长着
她们供奉的神?

作者简介: 倪文忠，男，有诗集《黑蝴蝶》等出版。现居临高。

果梗之上

霈　之

牧过群山的少年

年少时，与阿嬷放牧过群山
繁花与野果是山的发夹
曾躺在山的脊背上看星光，那时
炊烟的足迹踏遍了百里百村
山顶的幽兰也拥有属于它的灵魂
野蜂蜜扎根在荔枝树梢
十里的蝉鸣，响彻故乡的每一条小路
我曾是牧过群山的顽童
却被城镇化的喧嚣声，驱逐出童话镇
我们曾经都是童谣里的精灵
于乡土的原风景，于群山宽厚的肩膀上
尽情牧歌，直至柴米油盐涂改了
一代又一代人的童趣
斑驳的岁月，顺走了年少的牧童以及群山
它让不愿长大的孩子们
逐渐变为了一个又一个大人

果梗之上

山岭晚风酣睡
椿象在叶背悄然栖息
农夫烤鱼，油渍逗留在鲢鳙的瞳孔里
稚童扑向晚来的流萤，桀骜不驯的蝉
一直鸣唱至夜幕的终点
果梗之上，一半是黑夜
另一半则是朝露
果敢的旭日驱散了
曾经存在过一个世纪的阴霾
将满地落果尽数碾碎，施在果树脚畔
待一场雨后，果梗之上
会绽放出一个秋天

原　野

乡土的原野上
野菊、郁金香、水仙花
全被农夫栽在泛黄的土壤里
车前草缄默，酣睡在白昼倒影里
牛铃声声持续，铁铃铛追寻
属于秋风的季节，远处的炊烟
泛起一层烟雾。近处原野苏醒

展开双臂且将晚霞揽入怀中
一盏又一盏星光
折叠了暗夜中每一寸黑暗
为高岭之花铺设了通向
白昼的原野轨迹

放牧着懵懂的青春

良师似早冬的一抹暖阳
穿透乌云，将一缕光芒洒至人间
宛若敕勒川草原上的皎洁明月
照耀在孑然一身的游子肩上
我于塞北，邂逅创业期的初雪季
似举步维艰的牧羊人
驱逐着层层叠叠的归绥初雪
我曾路过雪夜下的创业楼
我曾穿过乡间果园的荆棘丛
七分月色潜入我那三寸掌心纹理间
我缓缓张开手，风雪侵蚀着雪白的发梢
我邂逅创业期的初雪季，往来的寒鸦
似陌生的篝火，不曾予我温柔
今夜的雪地一片空白，我似孤独的牧羊人
放牧着懵懵懂懂的青春

塞北初雪

塞北的初雪，似青空
变幻不定的泪腺
我静坐窗前
听雪，听着雪之离歌
想去触碰窗外的飞雪
却止步于一窗之隔

初雪声，勾起了我夏夜时的回忆
提笔，可又放下
紊乱如麻的思绪，掺杂着初雪的印记
将屋外旅人的足迹，一一抹掉
昏暗的烛火，摇曳着我萧瑟的倒影

初雪，突然闯入我的心湖
流年的齿轮中止了运转
落叶的忧伤
半掩在塞北的沃土之上
连同初雪的重量

作者简介： 霈之，男，有诗集《临江行》等出版。现居定安。

在墓园

青　陈

黄昏的傩舞

他龟缩在老屋里
昏暗并不影响他的刻刀
为一段木桩整容
木屑翻飞如时光凋零
他在雕刻狰狞——
据说驱疫逐鬼的面具必须狰狞
屋外横着三截老树桩
那年被闪电劈倒后
和他一起谨小慎微地
守了大半辈子的村庄
他们哪都没去
尽管羡慕过走钢丝的麻雀
羡慕过不倦的蝉鸣，或左右逢源的青藤
但终究哪都没去
临了终于鼓起勇气
一个献祭残躯，一个举起刀斧

在夜的傩舞中共燃余晖

灰烬之外，没人知道
木与刀如何相认

在墓园

叩头那一刻，才知道泥土里有梦
天下稼穑的春秋梦。唯有蚂蚁
还保持着缝合青春的队形
穿越斑驳的暮色，寻找
季节埋没的好名声
入土以后，祖先静默成过往的树。
除了磷火和蚯蚓，没谁知道
他们重又长出什么花叶
人间春深，真的无暇顾及
地底下的峥嵘馥郁

月光下，子孙是追赶草色的羊群，
总来不及咀嚼姓氏的甘苦

作者简介：青陈，男，作品散见于《广西文学》《海拔》等。现居琼海。

初夏的山谷

苏兴龙

海瑞故居

挨在红城湖畔　就像我挨着先生
四百多年了　总还先于人间　知湖水的冷暖
碑廊　清风清　摸一摸廊柱　脊梁骨　还在
透过青竹窗　仿佛回溯大明的一片青天

淳安　兴国　应天府……四百多年
百姓积攒下来的泪　雨水足
堂前　青草青　屋后　青竹青
从来都是　从春天里来
从来都是　从春天返回春天

那片稻田

母亲从田埂上　缓缓走来
风一吹　柔成稻浪　父亲的身子漾了漾

识趣的鸟雀　假装惊飞了

母亲带来水和饭菜
不用喊　五月的稻田
最弯的那株稻谷　是父亲

陶罐像井　舀一瓢水　父亲像坐在井边
喜欢等着　像在庭院里
等柴门吱呀一声
连瓢里母亲的影子　一饮而尽

不用说　五月的稻田
最弯的那把镰刀　是父亲

收割的姿态　最锋利
泛着稻芒一样的光
结晶的汗滴　是我这辈子　花
也花不完的银子

海口钟楼

海甸溪畔　请别说
我是客船
清风摇曳椰影　一地乡音

请别说　我是南洋老先生
钟楼似故人　交谈甚欢

挑担卖薏粑的女人　似相识
才吃一口　已泪流满面
时钟嘀嗒　我在故乡
打听到了故乡

初夏的山谷

风　只是轻轻吹
还是　捂不住石榴裙泄露的火焰
身后的椰林里　有鸟惊飞
那时小路　荡漾成山谷间的摇篮

牧童贪玩　捉柳花去了
是夕阳　牵着牛下山来
不用喊　一生火
总会乖乖被炊烟提回

很多年过去了
你一言我一语　眼睛的湖面
总还　雨水细微
仿佛又在说　那些夜晚
池塘的小荷　悄悄为我们掌起灯

仿佛又在说　你在　我在
人间就在

作者简介： 苏兴龙，男，作品散见于《海南日报》《诗歌月刊》等。现居海口。

红城湖的早晨

佘正斌

红城湖的夜

祝酒词缺乏时间顺序
手机屏在暮色里遥相呼应
萤火虫忽高忽低
打破一些人的思维惯性
红城湖的夜，无关季节、年龄
无关信仰、道德和法律
这里适合肝胆修复，适合
华山论剑和闲谈杂扯
来红城湖的人多不急功近利
他们都把目光放在红城湖之外
我也经常来这里打卡
作为对生活的修补
把工作之余的一点小心思
留给这如梦如幻的夜色

红城湖的早晨

路灯醒着。半个月亮爬上了岸
鱼儿三三两两蹿出水面
不断抬高这个季节的高度
高温持续不下，仿佛一根鱼刺
卡住这个夏天的一纸咽喉
晨练的人们把身影，出卖给
广阔的空间
清洁工穿梭在草丛和道路两侧
开始一天的工作，却无法
阻止一朵花开
红城湖半梦半醒，在打开
与收拢之间，微波漾荡。从枝叶
晃动的蛛丝马迹中，取出
一截波浪，以湖水为药引
植入时间的药罐。生火，熬煮

在清晨的阳光中寻找出去

霓虹点亮城市的色彩，车水马龙
唤醒一座睡意正酣的城
晨曦中的人们用匆忙的脚步书写
海南自贸港华章盛世

我留意，所有的人喜形于色
怀揣一颗充满希望和阳光的心
当曙光把世界打开，其实就是打开
一颗生命的种子

汹涌的海水涌向世界的潮头
我们以闪电的姿势向内心的高地抵近
一艘船扬帆远航，是风的信使
被众多目光拉扯。一首歌谣的力量

为我们内心所激荡。我们在
清晨的一小片阳光中，寻找
试图打开通向世界的另一个出口
所谓风劲当时好扬帆

作者简介：佘正斌，男，有诗集《如果爱着》、文学评论集《漫歌且行》等出版。现居海口。

每天，海口把爱唤醒

史小兵

清晨，
海风睁开了眼睛，
海口的温柔，
把我的爱情经营。
骑楼老街闪烁的街灯，
曾经，
你是我情感的精灵，
开启了幸福的旅程。
如今，
海风唱着春日的恋歌，
在长堤路上前进。

午后，
浪花要乘风远行，
海口的脚印，
把我的思念牵引。
海口湾将远航的船舶，
曾经，
你是我流连的风景，

编写过青春的剧本。
如今，
浪花赶着月光和星辰，
在假日海滩奔腾。

傍晚，
吊床在风中沉静，
海口的年轮，
把我的梦想唤醒。
万绿园里纷飞的流萤，
曾经，
你是我成长的见证，
记录过万千的憧憬。
如今，
青春纷纷茁壮又蓬勃，
在自贸港里驰骋。

作者简介：史小兵，男，有诗集《青春流淌在北纬18度》等出版。现居海口。

临高角，掀开记忆的伤口

唐　雄

“红明红”香飘

仿佛千百年的约定
我走进三门坡，走近妃子笑
徜徉荔香湖畔
穿行荔海农庄

轻剥“红明红”
“玉雪肌肤罩绛纱”
果肉鲜嫩汁香甜
苏翁日啖三百颗的惬意
丘濬嘉许的天然好滋味
入喉润滑，芬芳馥郁

冥冥中，恍若文庄在吟唱
世间珍果，生处是天涯

临高角，掀开记忆的伤口

仰望解放海南纪念塑像
抚摸红褐色大理石上
一个个不死的英名
耳边，仿佛听到
渔船搏击海浪的声音
渡海作战的勇士，以肉躯
和震耳欲聋的枪炮
撕裂，“伯陵防线”

嘹亮的冲锋号响彻
高擎，穿满弹孔的旗帜
前仆后继的旗手
把战旗，牢牢地
插在临高角，插遍海南岛

残阳如血
胜利的旗帜，迎风猎猎
神话般的传奇，开创新的世纪

作者简介：唐雄，男，有散文集《恋上海南》等出版。现居海口。

乡村的夜晚

天涯星

在北纬 18° 虚度时光

雪，不停地落下来
在北方，再也没有人谈论
这雪白背后的含义。只有
雪地里的脚印，越来越匆忙

而这寂寞的海岛上
我常常忘记
翻晒换季的衣物。成天打听
台风到来的消息。没有谁
比它更令人期待

我想等午后，海风
捎来的凉爽更多一些
在单调的蓝，慵懒的阳光中
和比邻而居的德裕及东坡兄弟
打开唐诗宋词，打开

饱满多汁的反季节哈密瓜
在北纬 18° 的槟榔树下
一起，虚度时光

女儿说天黑了

女儿贴着我，小声地说
爸爸，天黑了
于是，乡下的夜
就掉了下来

此刻，我看到
最近的，是女儿
比水更洁净、更柔软的脸
最远的，是她黑色瞳孔中
忐忑不安的　光

乡村的夜晚

半夜起来
初秋的黑不知退至何处
月亮站在高处
我想起“明晃晃”一词
满院子的白
像冰鲜出炉的豆腐，一下

就凉到心里

父亲的鼾声
带着夜风走来走去
不知名的虫鸣，向谁
献着殷勤。文静的槟榔树
在我小解的时候，闪了一下
轻盈的腰身

一只大鸟，突然
从视线之内飞起
也不知道，能不能飞向远方

我在烟花中看到父亲

三十多年前，我
从放牛的荒野中离家出走
身后的兄弟，也鱼贯而出
乡下的老宅，在落寞中
越来越低矮

母亲，早早就收割了庄稼
把剩余的时光，留给
姗姗来迟的孙儿孙女
更多的节日，在城市的喧闹中绽放

而父亲，执意留守
坍塌的土地。一篮又一篮
不时寄来的，带着体温的鸡蛋
成为我们唯一的信物

今夜，我在烟花中看到父亲
在腰椎间盘突出的疼痛中
辗转反侧。满院子的鸡鸭
在洁白的月光下，安详入梦

爷 爷

爷爷和他的先人
居住在向阳的高处
多少年了啊，门前的路
一直不见荒芜。周围的小树
却有了遮阳的荫

临走的时候，天空
热泪盈眶。爷爷
在花露水廉价的香气中
从容上路。没有人能够看见
肉体的疼痛，和灵魂的煎熬

我时常在夜的深处

泅渡城市的聒噪和雾霭
顶着头上的星空，看着
这个短小精悍的男人
用不规则的树枝，在沙地上
写出工整的“人”字

天地一片洁净
远处的万亩田洋
在蛙鸣中，夜影憧憧
沿着这样的安定和平静
我从小开始，一路走来
不慌忙

作者简介：天涯星，男，作品散见于《诗刊》《诗潮》等。现居海口。

乡　韵

王国才

布谷声声

“辟山种薯，辟山种薯[1]”
河谷传来布谷鸟清亮的啼声
晨风轻拂，河面金光闪闪
清凌凌的河水在静静流淌
万泉河蜿蜒向东
总有三五村妇在河边洗濯衣服
不知谁家新妇被问昨夜情景
于是，激起追打的水花，扬起嘻嘻声

“辟山种糯，辟山种糯[2]”
山谷传来布谷鸟清脆的啼声
早起的鸟儿有虫吃
阿生夫妇从三叶树林里穿雾归来
回家吃了早饭，去犁田，去插秧
不知情的人问：孩子怎不来帮忙
他俩扬眉回答：男儿在京城，女儿在羊城

注：①②均系琼海方言之谐音。

乡　韵

尽管你已走出村庄多年
尽管你的双鬓已生白丝
尽管你在追寻远方之远
你呀，还像那乡间少年

在万泉河中游南岸的水源坡村
连绵山坡的沟壑间有祖先开发的山田
祖先将村名命为“水源”
祈盼风调雨顺兆丰年

春旱时节，埇顶水塘之水放低了
生产队的龙骨水车架好了
两个大人前倚横杠，齐踩转轴上的踏板
龙脊板便“咕噜、咕噜”缓缓转动
清水顺槽进入水渠，潺潺流到田间

那个少年被此景迷住心神
蹭到踩水车的妈妈身边
“阿生，你踩不动”
“妈妈，我踩得动，您放心”

每次回到家乡，那个曾经的少年总在找寻

水车，水车，你在哪里？你在哪里？
没人回答。妈妈已不在多年
而今，踩水车的情景常在梦乡浮现……

插　秧

那时，我是生产队长
敲响上工的钟声后
我扛着单步犁
赶着牛去插秧

我把命运交给时光
两犁一耙，整好田地
一行行，那青翠的秧苗哟
一直在我心田生长

毛毛雨

小寒时节
在四季如春的琼岛
位于北纬 18 度，东经 110 度的地方
毛毛雨飘飘洒洒，一片微茫
微雨打横
飘洒在我的脸上
略带微寒

时令已过冬至
没有响雷，没有豪雨
路旁的三角梅在尽情绽放
毛毛雨飘落万泉河
河水汤汤，流经博鳌，流入大海
我隐约听到圣公石外的南中国海
一艘巨轮汽笛声响
这艘巨轮，正驶向远方

水源坡与三里河

孙子刚过两岁
儿子就考虑为他上学择校
他们原住京城北五环外立水桥边
那是城乡接合部，择校较难
西城区名校多
儿子卖掉立水桥那套大二居
在西二环买了套小二居学区房
我问：新房位置在哪里
儿子回答：在北京交通图上能找到
街名叫——三里河

几年过后
儿子在父亲节那天告诉我：果果要上学了
请爸妈过来看看他的学校

在给你们买的养老房住些日子
到了冬天再回海南
我们喜出望外飞到北京
儿子给我们买的养老房在石景山
那是北京一个示范小区哦
小区美得令人赞叹
我们休闲散步

到了周末
儿子开车来接我们去三里河
他家附近有钓鱼台国宾馆
那是国家领导人接待外宾的地方
他家东有月坛公园
西临玉渊潭公园
他们经常带果果去那里游玩
我问孙子：你家在哪里
孙子说：我家在北京三里河
我又问孙子：你老家呢
孙子说：老家在海南岛，村名叫——水源坡

作者简介：王国才，男，有散文集《没有结局的故事》等出版。现居琼海。

卖杏人家

王辉俊

这座热岛草木葳蕤

这片热土没有冬天
插根筷子都能成林
那位巾帼踏马处
长出几百座香火旺盛的庙宇
几颗流放的种子
长出五公祠和书院琅琅书声
那头拓荒牛只是哼了一曲椰颂
十万颗漂过海的椰子落地生根
三十年后就长成一片风景

儋州，想起苏东坡

这个地方最好别来
来了就快走
走慢了脚板生根发芽
长成一棵桄榔树

这种树会吟诗唱酬——
“吾本儋耳人
寄生西蜀州”

这个地方最好别渴
渴了就喝酒
喝酒了哪管天高地厚
荒芜说是芳华
流浪说是成就——
“问汝平生功业
黄州惠州儋州”

卖杏人家

山地是祖宗留下来的
老杏树先人栽
阳光不花钱
雨水也慷慨
今年白果摘了
明年还会长出来
秤星看准了，添一把
秤尾再高抬
日子长着呢
秤砣不会砸到脚踝
千年古银杏村？

卖杏的祖孙三代
过去、现在和
将来

把我的诗行列入阅兵方阵

在我的诗里
黄河的咆哮汇入海洋
长江的怒吼汇入海洋
珠江的呐喊汇入海洋
汇成了东海滚滚波涛
汇成了南海滔天巨浪

在我的诗里
南京雨花石的血斑依在
延安宝塔的亮剑依在
台儿庄城墙的坚强依在
狼牙山劲松的骨骼依在
在我的诗里呵
依在有鲜花、鸽子与橄榄枝
依在有地火、热血与猎枪

尽管我的诗行是一把匕首
也要剥开幽灵的画皮
让世界看清阴魂不散的狼子野心

尽管我的诗行是一支小号
也要召唤胸中的千军万马
奔赴守护家国振兴中华的沙场

抗战胜利七十周年的阅兵方阵
雄赳赳气昂昂走过天安门广场
一阕阕掷地有声的悲壮史诗
在新时代的世界东方唱响

作者简介：王辉俊，男，有诗集《热岛情话》《诗意天伦》等出版。现居海口。

余　　味

汪英尾

酒

你，以一粒米的姿势
在我的生命里
酿造
一世的芬芳

有一只鸟掠过天空

你衔来一枚草籽
撒下我空寂的天空
触摸不到
你的山高水长
我在仰望白云
我在等你的车马水龙
载来一个适合发芽的季节

一声长鸣　几片羽毛

轻轻地滑落到我的黄昏
我在黑夜里种一棵树
长出红彤彤的黎明
像远处的山岚紧紧抱着你
日出很朦胧
你的模样也很朦胧
此刻
天空无痕

我从未离开庄稼

被故乡遗忘
是从一把生锈的镰刀开始的

原野的风，吹落了山坡，犁耙
以及稻穗

犹记得蒹葭苍苍的画面
也期望多黍多稌的盛景

把锄头放进田里
翻动时令孕育的果实

陷入一片沼泽
仍有一棵稗草在眼前飘飞

我的梦刚刚好
可以装得下村庄，炊烟和
异乡的秋天

余　味

一纵红蜻蜓
折一缕荷花残留的清香
点染湖水的涟漪

远处的山被秋风凉成了黛青色
芒草沾着秋露已经长到胸前
白色的小花等待
一束朱火的烈焰
秋水的伊人　在岸上静候
叮咚的泉水声慢慢地稀释

我的蟋蟀，我的蝉
第一片秋叶缓缓落下
他们留下一个美丽的倩影

秋天的味蕾里　夏天的故事
余韵缭绕

南圣河流淌的黎风苗韵

原始的图腾顺着亘古的河流
姗姗而来
风，传来鼓藏节祭祀的祷祝
芦笙舞，木鼓敲醒了晨曦
流水的碧波，构造了岩洞，树巢
船型茅草屋
金菊迎着野风，在苗族姑娘的
发髻上绽放
榕树捻着熟稔的胡须，憧憬
一片刀耕的翠竹，火种
溢满七色饭的馨香
椰树，摇曳着轻柔的日光
拉长了在河岸赤足的蹀躞之音

犁耙已经隐退，文身，秀面，织锦
牛角挂在远处的山寮
峭壁上烙下先祖的足迹
鼻笛，闺隆前奏一曲《雨打芭蕉》
篝火点燃河岸边的彩霞
山兰稻的酒香，和着
满天的星光，撒下
黝黑汉子躬耕的柔情

稻公稻婆的舂米舞和山歌，把月亮
束在高高的山岚
盘皇舞，跳响蛙鸣浓稠的喜悦
槟榔下，水满[1]悠悠
茶香——染白了白鹭，染绿了翠鸟

五指山
擎起黎苗同胞古铜色的梦
一川绿色的翡翠
数粒的鸟鸣，织进锦绣大地和鳞次栉比的高楼
南圣河
环绕三千里连绵的江山
一条碧绿的玉带
流淌着袍隆扣[2]射落的六个太阳和六个月亮

注：①水满：指南圣河的水，也指五指山的水满乡，种植茶叶。
②袍隆扣：黎族文明的始祖，被称为大力神，黎族的守护神。

作者简介：汪英尾，女，回族，作品散见于《海南日报》《现代青年》等。现居昌江。

小　河

文　博

春　天

春天的嫩叶、红花、果实
都聚在绿色的枝头
微风拂过，青山如披上轻纱
云雾从天际弥漫到山涧
山水和云天合一

我想起午夜里，我们挽手
你说，好像你我
一个属于明天
一个属于今天
我们属于春季的每一天
正如溪流和大海
都交汇成同一个起伏
它们用溪的入海口
娓娓诉说着一切

这势不可挡的凝聚
从天际，升起黎明的曙光
前头牵牛，后头扶犁扬鞭
收获的谷物充盈春的每一日
看上去有无尽的饱满
需要一点点地释放出来
就像你我，正等待着阳光
给予足够的温情与明亮

水 骨

没有什么比水更坚韧了
有河的岩石作证
当岩石猛地砸向河水
岩石沉入水下的泥土里
水却安然无恙
欢快地怒放朵朵浪花
日复一日地将岩石棱角磨去

有人持着锋利钢刀
使劲地向河流挥去
试图斩断流水
河水叮咚地一阵哄笑
刀刃的企图没有得逞
流水的肌体完好无损流淌

从河水淡定得像一个勇者的神态里
以及从它的笑声中
我聆听到了河水的铿锵
看到了河水铮铮铁骨

清晨的鸟

一阵一阵的鸟鸣声
如一块块金属
砸碎了五更夜的寂静
打破了我安宁的梦境
鱼肚色的夜幕露出了城市的暗影

一群在树枝上跳动的麻雀
似乎不耐烦这近处的栖息
结伴飞向苍茫的空中
仿佛是想追寻回那消逝的鸣啼
一双双翅膀剧烈地晃动
搅乱了晨星孤单的眼睛
这阵阵的清灵啊
叽叽喳喳的，打伤了我
疼得我心灵的呐喊
此起彼伏

老房子

独自蹲在村落中间
安静的神情
如一位可敬的老者

旧时光一层一层地从
斑驳的墙壁流淌而出
院落空空荡荡
如梦醒时分
围墙隅角的老树冠上空
点点星光，在寻觅那曾闪光的萤火虫
步履轻盈，怕惊动这万籁俱寂
屋檐下巢中的燕子轻轻扇动双翅
怕惊扰逝去的岁月
此时，我看到月牙
满载着往事在夜空中游弋

小　河

有时候，心里沦陷在一些莫名其妙的事情中
它们如腐烂的物体
逐渐把我的心湖沼泽化
心情阴暗烦躁

此时，我常想到村边的小河
弯曲狭小的河床
包容了无数的流沙和淤泥
遇到礁石和荆棘
就柔软漫过或绕路前行
一边静静滋润田野
一边流向大海
我羡慕这轻松流畅的状态
多想在我心里烂腐的沼泽地里
开凿出一条潺潺的小河
冲开淤堵在心中沙泥
无论遇上我喜欢的或不喜欢的事物
都泰然自若
如小河一样坦荡、安静、宽容
又像浪花一样，面对礁石
淡然盛开
任其拍打我起起伏伏的人生
向着目标，不改初衷
不急不缓地流淌

作者简介：文博，男，作品散见于《诗刊》《星星》等。现居海口。

秘　　密

魏有恒

我经常走过一片园林

我经常走过一片园林
有一些植物我认得
像老朋友一样
能够叫得上它们的名字
高大的凤凰树
挺拔的小叶榄仁
还有红花开得热烈的火焰树
低矮的锦绣苋和朱蕉
也有一些我叫不上名字
我时常在它们中间穿行
我的微笑的，沮丧的或是冷淡的表情
肯定被它们看得清清楚楚

它们才不管我的喜怒哀乐
在宁静的蓝天下
窃窃私语，或随风起舞

该发芽时发芽
该开花时开花
该落叶时落叶
遂着四季的轮回枯荣交替
那么率性，自然和惬意

我活了大半辈子
面对生活中的名利得失，
我总有太多的困惑
相对于这个熟悉的园林
我对于生活的感悟
还比不上这里的一棵树或一株草

秘　密

蓝天辽阔，大地宁静
一棵孤独的大树
寂立于碧绿的草地上
上帝在打瞌睡
空气也停止流动
谁也没有在意
一颗叶子悄然脱离大树的枝头
在空中打着优美的旋
如蝴蝶飞舞
飘向碧绿的草地

在快要坠入草丛的一瞬间
轻轻触碰了一片长长的草叶
便悄无声息地身插入草丛下
那片草叶立即作出回应
妖娆地摇了几下腰

场面又归于宁静
好像这一切
从来没有发生

暗　示

夜晚，是神眨了一下眼睛
仿佛在向我们示意
就像好朋友之间的一个眼色
是为了制止某一个错误的发生——

当世界暗下来
是神让我们中断白天的动作
逼迫我们
用思想对抗白天的事物

晨　雾

早上，窗外大雾接天
十米开外，任何敏锐的眼

在这世界也如盲人
是命运创造了一个谜吗
迷蒙之中，有谁知道
今天是晴是雨
那小区门口的火焰树
前几天已含胞待放
等雾气散开，是否能见到
她在寒风中燃烧红色的火焰

美丽的夜

今夜，我要好好地睡上一觉
带着灯红酒绿和满天的星光
带着白天的喧哗和疲乏
连同幻想，妒忌和不满，
甚至疾病，一切的美好和纷扰
让夜的黑吞噬一切
归于寂静和虚无
然后等待那温暖的阳光
将我身体浸润并唤醒

作者简介：魏有恒，作品散见于《中国艺术报》《天涯》等。现居保亭。

草木回到人间

许燕影

车过德令哈

而今，我也经历着绿皮火车
经历着车窗切割的荒凉
铁轨默默伸向远方
沙洲、戈壁，偶有红柳和骆驼刺
远在远方的风吹过
有人在暮色中轻轻唱着《九月》

含盐的湖泊沉淀着你的悲音
月亮突然在地平线升起
巴音河沉寂着，白水河沉寂着
那个七月刚刚过去
日光、麦地，夏天和太阳
一个先知者的呓语
把所有预言都化作尘世的梵音

车过德令哈，一声姐姐
“我的琴声呜咽泪水全无”

察尔汗盐湖

曾也无垠，你辽阔着蓝
殉葬于崩裂的峰岩
最终逃不过一场浩劫

从此，你流自己的泪
在伤口开花，结晶莹的白
你的天空已没有飞鸟
你的水中再没有游鱼
我见过寸草不生的荒原
知道你静穆中光耀的圣洁

但谁能凝住这千年之泪
坚硕的盐盖下
谁又能触及你涌动的暗流
我也是有备而来的，华衣盛妆
以高原虐后重生的虔诚一路拜谒

你是悲悯者，涤濯着尘缘的殇
匍匐于你的足下我卑微如尘
这就是命定中的必经洗礼
而今，我已铅华褪尽

天空之境，我在云端之上
素洁一如你的纯白

草木回到人间

一场雨后，草木回到人间
青草气息里有植物的拔节声
复苏和死亡层层交替
一生开一次花的塔希娜棕榈
我突然害怕它开出花朵

雨珠滚落鱼尾葵叶
鲜红的果实是诱惑的陷阱
印度马钱子不动声色
不远处见血封喉透着冷冷的寒光
而唯一解药红背竹芋触手可及

海芒果失踪曾引发一场恐慌
洋金凤和紫檀自顾夫妻树的传奇
吐鲁香早已习惯暗自幽香
唯有断肠草黄色的花如此耀目
都知道神秘果随时可以混淆味觉
但谁能决然饮尽这世间之毒

仿佛生死界穿越，这个午后
有人用柚木叶染亮了双唇

黎母山

总有知风草不经意泄漏风向
而绿，趁势便扑面而来
雾是锁不住青山了
要怨，就怨第一声春雷
草木蛰醒后，水流开始绕着山转

也有飞流直下
河床布满了大小石臼
应是故土，山兰稻随风安居
我听见五色雀满山嘈囋
玉佩叮当，谁悄藏了这座后花园

必有仙人的足迹踏过
是的，动情只在一念
人间从此多了一朵桃花

咖啡花

蝴蝶未及飞出苏醒的身体
你突然绽放，聚簇成团
仿佛一夜残雪覆盖于枝叶

指绕烟凉，你有柔玉的白
满园幽香凝着浅浅轻愁
谁就此悄解了霓裳，三月风很轻

那么多绝句无从安放
花事太短，仿佛爱仿佛美

作者简介： 许燕影，女，有诗集《轻握的温柔》《我怎能说出我的热烈》等出版。现居海口。

听到雨水的滴答声

徐永清

年　底

码头、车站和机场
行李箱、脚步和风尘
沿着来时的路
寻找家乡的味道

在外的艰辛和孤独
在外的成绩和存款
比不过异乡夜晚的月亮
比不过电话那头的乡音
比不过梦里的袅袅炊烟
一路上回顾最多的是来时家里的境况
就像妈妈的缝衣针
每一个整齐的针脚
都连着一种与生俱来的牵挂

年底
很多东西随着落叶飘落了
也有很多东西在肩膀上变得明媚了

这个城市与我有关

季节在日记里留下伏笔
生活躁动
我们在人流里面目全非
成熟的微笑藏着事情百态的无奈
城市在日出里苏醒
又在夜幕里失眠
同样的节奏反复出现在微信的分享里
寂寞的心灵像鱼呼吸的腮
风铃在秋风里掉落
醒目的街头广告已经褪色
我们双手接过日历的馈赠
我们隔着玻璃相互问候
人生浮沉
故事的弧度戳痛信件的封口
航船远去
浪花追逐
耳朵里回响昨夜一遍遍的叩门声

听到雨水的滴答声

历史是泥土里钻出来透气的蚯蚓
我们与唐朝的雨相遇
然后又和三星堆的面具对视
热烈的季节不在乎哪一朵花绽放
我放下茶壶
也放下钥匙
不知道鱼儿在雨水的歌声里会不会失眠
窗户的玻璃上流下一道道雨水
像父辈劳作的汗水
湿透桑叶味道的夏衣
岁月在田埂的草里结满蛛网
然后等一头犁田的牛路过

作者简介：徐永清，男，有诗集《成长的秘密》等出版。现居海口。

海南岛地理谣

萧　烟

夏天的森林聚会

蝴蝶撞上一颗光阴尘埃
向着空旷的山谷声嘶力竭诉说
蜗牛在肥沃的叶片上禅坐
在顿悟后踩着理性的茎脉落荒而逃
松鼠跳进啄木鸟的领地
胡乱踩响了几个时光琴键
失恋的鹧鸪鸟
用苍老的咏叹调告别心灵的春天
蚂蚁王国的大军已经启程
浩浩荡荡
向着秋天的城堡吹响了冲锋号
这时
滚烫的阳光如暴雨倾泻
蝉的唱诗班瞬间入寂
树干中的年轮无一例外滚动起来
汇成森林的洪流

动车在海岸画了一道弧

动车在海岸画了一道弧
晕染出美丽的油彩
一个个故事脱缰而出
在理想大道上恣肆奔跑
越过河流山冈
起伏的丘陵和平原
热带雨林中飞鸟歌唱
南中国海里鱼群吼叫
一棵棵槟榔树站立成狙击方阵
爬满山坡的菠萝弥漫着阳光的沁甜
乡村栗色屋顶炊烟袅袅
小镇楼群传出拔节的声响
火山岩在亿万年梦境里悠悠醒转
春天的语言此起彼伏
一道弧
绕过来又折身远走
拴住一只桀骜不驯的灵龟
轻轻奔向母亲的怀抱
起点是我的家乡
终点是我的家乡
家乡是一座人烟稠密的城市

海南岛地理谣

火山陷入沉思
亿万年前的壮烈历历在目
玄武岩碎块铺满琼北的平原
血液染红土壤
无数地心的熔岩
在破土而出时变得坚硬无比
支撑起海岛的筋骨
垒成摇摇摆摆五指山
咣当作响铜鼓岭
刺向苍穹的尖峰
摊开胸怀的黎母
执拗的霸王
还有在海滩上陈列的众多表情秀
石灰岩告别了大海故乡
与西南河流碰撞出温婉缠绵的故事
开启无数锥状思维
刨蚀出一个个遮天蔽日的秘密
落笔洞
皇帝洞
钱铁洞
是远古智人开垦出思想的巢
人类走出洞穴

与热带雨林反复争夺地盘
从刀耕火种走进钢筋混凝土丛林
那是伪森林肆意渗透的城市
海岛从此变得虚伪
海岛从此也变得赤诚

作者简介：萧烟，男，有《三亚河人文地理纪略》等出版。现居三亚。

一只鸟在雨夜独自归来

邢贞乐

风吹过海岸

也许你不知道
这里是椰梦长廊
是三亚最美的黄金海岸
一次次风吹过这里
让人心潮激荡

1988 年建省的风
来得太猛烈了
吹来了粒粒金色的种子
一夜间十八公里沙滩
如久旱遇甘霖
萌萌地绿了起来
向着海天张扬

1999 年的风
来得温柔而诱人

国际旅游岛让这片海岸
高楼抢滩　邮轮捷足
打卡的情侣在椰树下
追逐傍晚的渔火
寻找那期待已久的梦想

2019 年，你懂的
自由贸易港的风来得太痛快
太振奋人心了
吹来了海鸥、白领翡翠
蜂鸟、鸮、鹦鹉
还有荒漠驼铃
南洋风帆
五洲四海势不可挡

来吧，朋友
椰梦长廊八面来风
岸上锣声阵阵
大鹏张开了臂膀

一只鸟在雨夜独自归来

河水记录着一只鸟的故事
它生长在岸边的一棵树
自幼认熟这里，啁啾不已

羽毛细柔时它飞得很低
去追逐日出时的那片朝霞
与波浪游戏
翅羽丰盈后它飞得很直
去搏击阳光下那抹彩云
翅膀坚硬了，它离开
窝巢，飞得很远
穿越时空去寻找后羿射日
坠下的那只三足金乌
去唤醒青鸟精卫的灵魂
任凭乌云滚滚
哪怕风浪层层恶
欲与神鸟试比高
背负着责任，怀揣着理想
经历过凤凰涅槃般的痛苦
呖呖长鸣，在雨夜独自归来

九月的阳光染红满山的枫叶

我天天在抚摸着山林
摸黄了许多叶子。
你天仙般
降临，柔柔地将我拥抱
我深深地，吻红了你的脸
向大地苍生发布信息，炫耀

情人在山坡见到你
羞得无地自容。银杏榆槐
向你投来一束束艳羡的目光
白云相形见绌，怯生生
躲上山顶，为我让路
层林尽染你的风姿
一幅以你为底色的水墨丹青
心系千秋，与我相对无言

九月的阳光与枫叶
正在热恋之中

秋　风

有人说你是绵里藏针
有人说你是宿命的剪子
而我却说，你是雪姑娘的信使
是春花夏草们蝶变的茧蛹
抑或，你是湖面起伏的音律
吹奏着情人的泪滴

你一年只来一度
这个世界已衍生许多不协调的
事物。譬如绿丛缀着枯黄
譬如鱼塘浮着虫蛆

谷仓有蝼蚁进出
瓜棚下鬼影游荡……

来吧，以你一年一度凌厉劲
再凌厉点，飒飒一个扫字
扫来雪姑娘玉洁的本色
扫出春花夏草冰清的嫩片
扫净情人尘染的信笺
万类霜天自由向往

孤独是一截醒着的骨头

街头，浑浊的灯光下
许多人在玩搓一把的游戏
与孔方兄握手言欢
商海，许多人在浪尖上竞走
醉倒在人民币背后的风景
光鲜的彩头伸着贪婪的手指
且听我说，再坚硬的骨头
也抵不过诱惑的掩埋
时光终将吞噬流动的血脉

如此美好的岁月
我只希望拥有一个平静得
只有水波和飞鸟的内心世界

在众人的昏睡中与哪怕
只有一截醒着的骨头
亲密会晤窃窃私语
欣赏母亲安详的鼾音
陶醉妻子梦呓中的温笑

作者简介：邢贞乐，男，有散文集《清凌凌的三亚河》、诗集《竹浪箫歌》等出版。现居三亚。

南渡江

椰　蓝

潭　门

几排渔船，躺在夕阳里
潭门渡口宁静而安详。迷失在
涛声里的繁华
掺和着汗味、咸腥味和酒味
连同划拳吆喝声，随风飘远
始于古老的《更路簿》
先民从这里赶海
远赴渔场，划遍南海每个角落
风雨把渔家的快乐和忧伤
钉进船木，斑驳的舵盘
锈蚀了岁月。一代又一代
网罗海的故事
缩进砗磲里，雕成人间百态
从哪里入海，又从哪里
上岸。路有多远，家就有
多远。从这里起航
去丈量祖先们的神圣，和尊严

临高角

行走大地。桐乡的文澜江，温和
如初。我满怀虔诚而来，不只为
依旧的涛声，沙滩、岬礁、海岸
和鸥鸟，夕阳下的帆点和身影
红日破晓。守望海峡的百年灯塔
迎来惊涛骇浪的枪炮声，叱咤
风云。隐身于椰林的忠魂、文字
和丰碑，与日月同辉。
哩哩美。秋雨，如泣如诉
听不见冲锋的号角和先人的忠告
比如物极必反，比如饮水思源
反差和讽刺，藏在被历史遗忘的
某个角落。寄生在楼群里的梦想
和欲望，在饱览海景之后
是否能看见仙人指路的方向

凝望春天

我靠在窗沿看春雨
感受季节物候轮回的气息
宁静而洒脱
凝望春天，大地苏醒

我打开一本书。开始想象
关于一株草、一朵花、一棵树
和一个民族的全部过程
经过冬寒的抗争和沉思
万物竞相呈现各自存在的意义
春雨惊春清谷天
欣欣向荣，春光无限
我在凝望，奔涌的河流穿过丛林
如何把快乐和悲伤带给繁夏
又是如何将苍茫的大地淹没
凝望春天，勇往直前

红树林

仰望的敬畏
丝毫不比俯首的虔诚逊色
于我对这一湾矮矮的红树林
心底油生一种天然的膜拜

昼夜更替。鱼翔浅底，鹭舞涛声
水陆交界的生命图像和生存法则
不因潮涨潮落，阴晴圆缺
而发生毁灭性的变化和殇情
台风暴雨中丛生苍翠和坚强
唯恐人类的洋房、餐馆、舟车

扰乱你生态红娘的柔情和妩媚
晨钟暮鼓中花落花又开

放眼青障，我终于明白
红树紧紧根植大地的亘古情怀

乡下年关

山枇杷叶变红，苦楝树也开始扬花了
老家龙泉集市比往常更加热闹
街头巷尾，人山人海
春联是最温暖的年关红
而我更喜欢来自地摊的农家蔬菜
本地山羊成为人们的最爱
邻居常叔送来一只阉鸡
他不喝酒，我回赠一条芙蓉王
令人揪心的是
每次给五保户泽公红包时
他都流下眼泪，欲言又止
我也会想起九泉下的父亲和母亲
就让诸多美好的祝愿寄托给绵延不断的香火吧
附近的一些乡镇禁止燃放烟花爆竹了
回乡和返城之路
就像一条脐带维系着
一种亘古不变的情感
乡愁在这头，梦想在那头

南渡江

1

站在白沙津门北望
我仿佛听见历代烽烟滚滚、万马奔腾的嘶鸣
以及旌旗猎猎的声音。伴随琼州海峡的波涛
此起彼伏，时近时远

2

原本自西而东，逶迤奔涌的河流
旧州岭似乎故意挡住了你的去路
于是，在新坡胸前来个华丽转身
向左一拐，浩浩荡荡，一路向北
最后在新埠岛和海甸岛之间
形成入海口，完成了万流归一的使命

3

当我的祖先跋山涉水，迎着风浪
艰难渡海，顺利上岸的时候
风光旖旎的你
给他们带来莫大的惊喜
河海连天蓝，芳草萋萋，鸥鹭翩翩飞

4

自汉肇始，公元前 110 年设置珠崖、儋耳郡治
岛屿逐渐融入中原文化
一代又一代先辈从江口向南逆流而上
寻找生命的土地，开辟新的家园
随着文明种子的传播
多元文化在这里交汇、融合、积淀
底蕴厚重，源远流长

5

从黎母山区到金江，从金江到瑞溪
再从瑞溪到定安和琼山
一个个地名饱满、鲜活、响亮起来
南渡江润泽两岸大地
众多支流荟萃补给
直至阡陌纵横的入海口沙洲处
琼台福地——府城，千年州府
坐拥水陆繁华，集纳八方祥瑞
构筑南溟奇甸之大美，熠熠而生辉

6

生命是一条奔腾不息的河流
当唐朝宰相韦执谊沿着南渡江溯流而上
择山水谪居，致力于办学和兴修水利的时候

当五公被贬流放海外而充满忧虑的时候
苏东坡的到来，分明是“海南万里真吾乡”了
白玉蟾横空出世之后，南北驿动，人文蔚起
丘濬、海瑞等更是名垂青史，泽被后昆
受惠于一方母水的养育，近现代英才辈出
这是时代和民族的骄傲，亦是历史的无限荣光

7

当春天回归人间，大地定然一片生机
尤其是海南建省办经济特区后，沧桑巨变
南渡江三角洲和两岸，高楼大厦拔地而起
似乎在述说着现代文明的魅力和困惑
我时常徜徉于府城古巷
追寻先贤达士的遗风
探访珠崖义学的踪迹
或觅一隅茶坊独啜静思
倾听不温不火的琼腔
和忽远忽近的足音

8

星月璀璨，天上的大河在飞
不管四季物象如何变换更迭
都改变不了我的初衷，爱的母体源头
南渡江，古老而又年轻的河流
气势磅礴的是你，温婉动人的也是你

你从我的梦中流过，在我的血脉里日夜奔腾
当浩瀚的南海掀起新的浪潮
我要用南渡江水酿出世上最美的酒
顶礼膜拜，敬献天地
祭奠我们伟大的先祖，醉美那
自由、祥和、至真、至善而快乐的世纪时空

作者简介：椰蓝，男，有诗集《南方的心跳》等出版。现居海口。

再登黎母山

叶传雄

访黎家见闻

肉块木瓜汤味鲜，与朋分享说丰年。
黎歌伴酒有奇趣，舞步声声明月前。

火焰花

树上花儿似火苗，红霞烂漫映云霄。
此生甘愿诗情烈，喜得春风细细描。

再登黎母山

奇峰镇岛古传今，托日诵诗惊帝心。
竹茂三江千里碧，花香万壑百莺歆。
风来黎母忧怀在，月照海涛仙气临。
信众相携前觐见，路旁松树喜难禁。

湾岭学校抒怀

椰风骀荡百花开，诗友高歌伴我回。
栋栋华楼红日醉，年年桃李好师栽。
慧思一点满园馥，养气三分葱岭嵬。
尤喜攻关薪火旺，书声清亮越墙来。

观看黎苗竹竿舞

笑语欢歌出密林，春风锣鼓越青岑。
蜂狂蝶舞东君醉，鸲悦霞飞瀑布吟。
黎母仙姿迷皓月，云湖诗境胜黄金。
清和盛世村村乐，旧雨新朋喜不禁。

作者简介：叶传雄，男，有诗集《黎山放歌》《黎山寻梦》等出版。现居琼中。

春天，我要做一个幸福的人

乐　冰

所有的怨气在春天里一笔勾销

我是春天悬崖边
攀爬的一株植物
我的心里藏着一匹野马
我渴望打开体内的闪电
攥紧春天的手
我要为你诵读诗篇
就像在高高的教堂颂读经文
万物生生死死
只有这个季节风华正茂

春天无比辽阔
大地铺满鲜花
我承认，春天里我情迷意乱
世界多么美好。我舍不下她们
舍不下我爱过的人
尘世的哀伤
不能将我心中的灯火熄灭

我在春天里赶路
每一个路口都有我的亲人
黑暗里，她为我打开一扇扇亮灯的窗户
让我一生愿意为她做牛做马
人间的悲喜
让我的心变得柔软
所有的怨气
都在春天里一笔勾销

春天，我要做一个幸福的人

春天，我要做一个幸福的人
骑上自行车，带上我心爱的女人去海边

我要向蓝天长笑
把所有的烦恼交给白云

我要向沾满露水的大地笑
让每一天过得踏踏实实

我要向新鲜的青草笑
爱永远不会死，春天一到青草又复活了

我要向狗笑，它对人类的忠诚
永远是我们学习的楷模

一种豪情婉转于冯白驹胸际

清晨，大海鲜明湛蓝
晴朗的天空
经过昨夜雨水的沐浴
异常清爽
银色的沙滩
像一块白色的大理石

琼崖纵队司令员冯白驹
从战马上一跃而下
他停下脚步
注视着海面升起的红日，
内心一阵激动

他很清楚，
海南人民盼星星、盼月亮
终于盼到了解放军将要渡海
笼罩在海南人民头上的阴影
将被吹散

他感到肩上的责任和重担
前几天，叶剑英电令
让他详细报告岛上敌军兵力、布防

他先后派出琼纵副司令员马白山
参谋长符振中偷渡过海
向叶剑英汇报

天气很暖和，阳光很充沛
海风吹动着冯白驹的头发
也吹动着身边椰子树的叶子
他抬头看了看椰子树枝头饱满的果实
和蓝天上飘动的白云
一种豪情婉转于胸际

作者简介：乐冰，男，有诗集《祖宗海》等出版。现居海口。

等待阳光的麻雀

原野牧夫

夜行者

我在夜行的世界。是羞于看到阳光的
从荒原到我的秘密花园，墙
只有一梦之隔。站在墙边
你把断墙推倒
又砌，砌好再推

日子隐于你堆堆砌砌的手指间
碎一片月色迷蒙
让我多次伏身在地。捧起潮湿碎片
双手缓缓拼接着春天的草绿
汗水滴落成露，湿透衣袖和指缝
你从梦底抓出一把把泥土，开始替我
高高砌筑花园的断墙

梦和断墙。距离我赤裸的身体有多远
你无从知晓
而秘密，却让你一语说透

从花园幽深的小门走进去。小心翼翼
如同打开我骨头里的忧伤
你如果突然听到深处骨节轰鸣的响声
请缩回双脚。像是你在跟我说

这时候我学着青鸟，在世上已经修炼千年
只为夜间你所看到的翅膀。振翅欲飞
像月光沉迷于大地，你迷恋我的青春年华
你最后再看看吧，看看我头顶的苍茫
倘若太阳只是甘于陪伴我做一名夜行者

酒　巷

月下是风吹草低。风
吹伤
我的芍药，你说是瓦砾
开始诉说他的
陈年旧事

那一坛烧酒。果真酿下多年
藏在
深秋窖底。秋天飞起的雨
落在斜檐口
来来往往的日子
像是商贩

从不探听虚实。空下半条酒巷

那天突然你站在巷口。夕阳西下
身后，影子一点点
被风吹动。飘往花园角落
总该闻到一股酒香
或是我把自己的心思
醉成烂泥。让你抬腿踩在脚底
雪地发出月光碎裂的声音

你知道。我是从来不怀疑秋天的
却要怀疑秋天
迷失在酒巷的去向。每每想起酒巷
才知道那丛秋天芍花
去年六月怒放过

半张脸

我知道这是深夜。明明漆黑世界却有阳光
从黑夜深处照着我风中的脸
我不知道那阳光究竟来自何处
我的脸缓缓移动
一直都朝着太阳升起的方向

星星在这夜里已经失去光芒

我无法继续在深夜里停留
风把我的头发一根根吹起来
所有星星的光芒都暗藏在
这一根根吹在风中的发丝里
我把光芒全部收集装进受伤的体内
只让头发在风中乱吹

当我的脸面向明天七点钟太阳
打开黑夜的一双眼睛
我看不清楚自己的乱发
只看到体内
光芒掩埋的一根根骨头。它们
像是在哪里
唱着悲伤的歌

我知道自己悲伤的血肉
跟骨头永远相连。但我的血液沸腾
连同骨头是要在太阳中明天一起燃烧的
而我的肉体
在深夜里的影子不过是风中半张脸

等待阳光的麻雀

一坐下来，风
就进去了，一头扎入我

像是半潭深水的夜晚的胸口
月亮浮上来
待在这首诗的上空发愣

这年头，我的世界
其实早已经丢失了天空
所有灵魂的空间都是漆黑一片
都让你们制造的未来集市挤压塞满
乡村空下的那些集市成了虚假信息的集散地
阳光缘于伪装者的阴阳两面
昨天霸占属于我活下去的小小天地

我一直都仰望天空，空无一物
夜出觅食的白云
找不到回家时经过的门槛。而你
就在风落下来的地方置上栅栏
设下这一局，只为等候
那群过冬的鸟返回。但它们
必定绕过这个早被人类废弃的村庄

我并非你们的天敌，与人为善
是历经万年千秋的麻雀家族祖训
这首诗是我们足以证实自己生命的无字铭文
只要给我眼睛一点点光明
无须你为明天树碑

哦，芦花

梦落在深深黑暗中。深处是我
一条蜿蜒而来的河流
我分明看见了你那轻灵的双手
十根纤纤手指弹奏在
月光猎庄的琴键上

这是哪里的音乐大厅。一条河试图
奏起一个沉睡不醒的村庄
千年之狐
穿越到这个夜晚，月亮沉迷
在它眼睛里搜寻找到皇帝的马车
后面有一支队伍迷失在梦境。那些马背
头盔上扬起的雪缨子，是雪

将血一样的红缨死死裹住。越裹越紧
河边，一阵阵
透骨的风
冷飕飕吹过队伍里每个人的脸。还有他们
铮铮硬骨紧裹着的铁甲，也把
那些肉体死死裹进自己雄起的灵魂
只有尘土飞扬的马路上

月光如水流过，流过
月光之下
那一只只响蹄。河流村庄此时极是安静
安静是黑暗的另一张面孔
回到弹奏者的脸上。头顶是雪在野芦丛上飞

作者简介：原野牧夫，男，有作品集《新汉诗理论与漫谈》等出版。现居海口。

家乡的月亮

曾　诘

不褪色的花朵

记得小时候，父亲开拓一块荒地
春天，播种南瓜。种子一点点萌芽，破土而出
长出叶子。藤蔓向上的活力与美
于安静之间，呈现倔强与执着
晨曦。落在浅黄色的花朵上
染出柔和而又清丽的色泽
至今。萦绕在我的心头，永远不会褪色
父亲。把篱笆围的一棵棵树，站成一片森林
南瓜花朵盛开，更娇媚。东篱下，结更多南瓜
夜空的一轮明月
照亮，暗淡而清冷的人间
萤火虫和星辰，一起发光
岁月的流年。载不动，一朵花的盛开
眉清目秀的青春
飘落，在南瓜花绽放的心事里
您的思绪。一犁一犁，细细密密
耕耘着美丽乡村的田园风光……

梧桐花开

清晨，微风拂面。梧桐花簇拥着，摇响一串串风铃
醉来蝴蝶，翩翩起舞。习习凉风，婆娑树影
在红尘深处，与时光相拥
叶子。摇曳多姿，荫蔽阳光
缝隙中，穿透远方故乡的思念
温馨。粉红的惦记，在季节边缘跳舞
漫漫夏季。捻一缕缕馨香，捎一丝丝清凉
深深浅浅的岁月中
一份温暖盈满心田，一份爱在灯火阑珊处
薄薄的雾里，梧桐树的枝头
怒放一朵朵黄色的小花，让生命激情
相见小花，与她完成一次对视
眼眸里的热望，让青春荡漾
我知道，每天看日出
是拥有一天中最富有色泽的光线
第一缕曙光照耀着
梧桐树叶和花儿明亮，我心湖也明亮

百香果花开

春日。湛蓝的天空
洁白无瑕的云朵，在飘荡
打开窗户，淡淡的馨香飘进来，一股暖流涌上心头

蓦然回首。阳台上的那株百香果藤蔓上
盛开了小花。一朵一朵的，香弥漫着
透过窗户，那株百香果随风摇曳
有时浓香扑鼻，让人沉醉
有时暗香浮动，疏影横斜
这是百香果花儿的馨香
原来，父母的爱。就像这质朴的百香果花儿馨香一样

家乡的月亮

今夜，在月光下
我为家乡写了一首小诗
栽种在天边，月色朦胧
绵绵的记忆，辽阔，沉静
在远离家乡
千山之外，仰望夜空
仿佛看到家乡皎洁的月亮
月光如水。淡淡泻在花叶上，恰似一片梦幻，沉醉
浮现出，家乡青绿的山
早晨。鸟儿啄来几缕喜悦
傍晚。袅袅炊烟与牛车声
乡间。有口清澈的饮食水井
沿着弯弯曲曲，古色古香的雨巷
抵达家里
院子前，有一条清清的小河。河水叮咚，唱着歌儿流向远方

河边，有养鸭子鹅子的风景
河面，泛出母亲深深浅浅的笑容
那是童真，质朴，如丝的乡愁

二月，木棉花开

二月的春风，吹醒早春的南圣河
漫步在树叶萌出嫩芽的堤岸
河水，欢天喜地地流淌，滋生温暖的情愫
走进大自然，阳光明媚
宁静，随意。放松整个身心
就让心灵来一次洗礼，让一颗心在文字里摆渡
这是一种心境，也是一种意境的美
木棉花，热情地绽放
带着满满的期盼
极致的美，储藏在心底
只待春风，轻轻一吻。捧出一季的纯真
给深爱的大地，温暖的阳光
你像一个柔情女子
春风吹拂，即悄然盛开。一片姹紫嫣红
风来，摇曳淡淡的馨香。风去，赏一片清幽，闻花香缕缕
任由时光，丰腴一片。花红叶绿

作者简介：曾洁，女，作品散见于《星星》《山东文学》等。现居五指山市。

圆月之上，有羊群奔跑

蔡小华

美好的事物，莫过于嗅着一地的清辉前行至远方
温暖的石头，储存于圆月之上
小风二三两，缀在桃花千面，束带的延长
暗示诗人遗风未远，山是天的衣袂
云去丈量海阔，疲软的身躯在海的上空
没有说话的人，我如横舟，横舟亦如我
我起步返程，或携月色远走高飞
或清点黄蝉、清风、黑礁之后，化作飞鸟
消遁在无形的世界。且慢，待我在
七百年的老渡口唱词，覆盖一切
来年春天，端坐八角井边，繁花在身后吟唱
黄昏和月同时落井，见月如见你
山脚下，有逃亡的江河折返
圆月之上，有羊群奔跑

音　乐

江渚之上，常有星辰放慢脚步

从草木和草木的间隙，窥见白云缱绻

此去江南，谁也猜不透，水路有多远
此去江南，触摸岁月，百鸟藏匿其中
却又见灵魂沾水，凭空跃起，曲调正好张开
每个人都是树上的果，迟早坠落
那时候，秋风乍起，湖面上浮满哀愁
杂草和石凳并肩，眼眸则藏于烟波起处
足迹大小不一，风也轻重不一
但终于来到你面前，美人迟暮，穿上音乐之衣
又折回山水源头，一路打点渔夫和点燃晚灯
一路轻踏红尘，所有的静谧，都是最好的声音
伸手扶住山的肩，别让旧时堂前燕把光阴
弄上了褶皱。别让余光一去不复返
我手上握住一支吹弹可破的曲
山山水水都竖起耳朵

作者简介：蔡小华，男，作品散见于《诗刊》《天涯》等。现居海口。

翡翠山城

曾晓华

黎峒文化园

走进黎峒文化园里。

广场上，高高挂着的一面五星红旗，迎风飘扬。

在盛夏的阳光下，显得更加鲜艳、耀眼。

袍隆扣大殿里。八十六岁的黎族阿婆端坐着，双眸明亮，正在织锦。

见我们来到，唱起了“久久不见久久见”的民谣，格外亲切。

从她的文身上，印记了岁月沧桑。

五颜六色的丝线，织就美好的幸福生活……

苗族招龙舞

水满乡新村，是一个苗族村庄。

我们的到来，正好飘着细雨。

村民，以一种最热烈最纯真最朴实的舞蹈方式欢迎。

在村委会的广场上，跳起了一场招龙舞。

祭拜祖先，祈求平安，丰衣足食，风调雨顺。
前面，是巍巍的五指山。
看到了一个民族生生不息的精神图腾……

品一杯水满润红

这个夏天的下午，刚刚飘过一场细雨。
在海南最美小镇——五指山市水满乡。
品一杯水满润红。是用山泉煮泡，散发一股清香。
我们可以想象，在茶园里。
满眼都是翠绿。春天里，生长着希望。
每天。采摘晨露，播种梦想，和收获阳光。
仿佛听到一首黎歌，从大山里流淌，飘向山外……

翡翠山城

通什。一座小小的山城
像翡翠一样，在五指山的怀抱里
一条河流，从城中穿越而过，缓缓流淌
蓝天，阳光，白云，和风。楼房，街道，车辆，大树
构成一幅立体的画图，充满了诗情与画意
昨夜。遗失绿色的梦
却给翡翠山城，一地春光……

通什少女

天涯芳草的秀丽
三月阳光的希望
像山花儿开得柔艳
像波罗蜜成熟的飘香
像山栏酒一样醉人
像五指山流淌的清泉
通什少女，甜甜的微笑……

作者简介：曾晓华，男，作品散见于《海南日报》《现代青年》等。现居乐东。

把茶园的茶采完

钟少勇

老屋里的我

老屋在村子的中间
我们到城里后它就静静地立在村里
周围的房子这几年都新建了
它更显得孤独和老态

老屋是用泥砖砌成的瓦房
父亲年轻时和家人一起
挖泥打砖，伐木作梁，挑灰拉瓦
建成了这个家

老屋是我成长的摇篮
我的人生启蒙从这里开始
堂屋墙上还挂着的小黑板
它是父母为我纠偏校准航向的借助物

老屋每年燕子都常住
屋檐下的六个窝年年都孕育新生命
近段时间我也常住
梦醒后发现自己缺席了很长时间

老屋真的老了
如同父亲逐渐老去的样子
我会把它修缮加固
可是我的父亲我却没有留得住

归途

母亲一直悄悄疼着我
盼我平平安安地回家

平静
是这水面的脸色
两头之间的跨度
是一湾浅浅的海峡
船不常开
船晚点

她在鼓浪屿的日光岩上
灯塔般眺望一艘船的航向
这迟缓的步伐

这艘迟到的船
我与你两相遥望
白了谁的发

把茶园的茶采完

这一场大雨
洗净了压抑多天的闷热和烦躁
大雨过后的四围
云雾袅袅升腾
与残阳昏黄的眼神对接
即刻孵化出不朽的作品
我的老茶树正在吐尖
茶园之上
一艘飞行器在距我一公里外
三万英尺高空上静态展演
或来自外星的怪兽
我在裹着的蓑衣里颤颤发抖
云雾散去
晕黄的光渐渐被拖入黑洞
一切　消逝在远山
我的抱负
在幽幽中萌芽

鹦哥岭

我得以观察一群蚂蚁
始于看见一只　似乎
漫无目的行走　缓坡、峭壁
行走过的地方盛开鲜花
盛开鲜花的路
有一只两只甚至更多跟上来
三五成群集体搬运甜果和其他物品
沿路往回赶
它们的巢穴门口数行鲜花向外延伸
蚂蚁来往进出
繁忙而有序

热带丛林的一场大雨即将来临
它们都回了巢穴
所有鲜花毁于一场大雨
就像成功和荣誉的取得
仅是对之前的肯定

蚂蚁是路的创造者
大雨过后马上又集结
筑路栽花　畅通工事

演绎周而复始、日复一日
它们在积蓄力量扩充能量
只为选择一个艳阳天，一个有风的日子
或稍带温暖潮湿
踏遍五万公顷
登顶海拔一八一二之巅
更高远

台风夜

这个刮台风的夜
一岁的孩子，傍晚开始不活泼
测温计告诉妻子和我
孩子的体温持续上升，就像屋外的风雨
时而骤急
孩子在我和妻子轮换的怀抱中睡着哭
我们间隔两个小时用温毛巾给孩子擦拭
凌晨，孩子的烧退下了

多年前刮台风的夜
父亲撑着自行车，后座驮着母亲
和母亲背上的孩子，迎着风雨往镇卫生院赶
手电筒浑黄，父亲眼睛闪亮，身手敏捷
避开泥水坑，躲过倒伏的大树

今夜，想起一棵树，和许多年前那夜
想念隐隐作痛

作者简介： 钟少勇，男，作品散见于《都市小说》《民族文学》等。现居白沙。

芒果随想曲

郑丽花

火山石斛

你静静看着来来往往的人
心头吟唱起神秘园之歌
绿色是理还乱的愁绪
名声是海南岛斑驳的诗话

你偷偷从火山口遁逃出海
向海岸野菠萝打探你的前世今生
你携夜曲音符磨蹭大海
月光下，翻阅海南岛史——
火山石斛史志

你翩然遐想
心灵泛海轻舟，渴望飞翔
时而火山口迂回，流盼
吸纳万年悠远的宁静和安详
每个风起的日子，火山口上空
回响你与海南岛绵延不绝的恋曲

我热爱的海南岛

海南岛四顾苍茫茫的大海
天天发誓像磐石般坚韧地活着
我出生时，号啕不止
海南岛笑盈盈
以万般柔软的风情拥吻我

大海无休无止侵蚀，打磨
发狠要将海南岛雕刻
成为平扁的磨盘
沙滩装出很认真，努力的样子
歪歪扭扭圈画清晰的标注
密谋包围这个海岛

海浪以乱花花的涛声作掩护
仿佛要将海岛整个儿按入大海
撕了票，涂抹海面，消失了算
我常梦见尾随外婆在海底游玩
转过一个个弯，游过沟沟壑壑
遇见各色各样，大大小小的鱼

我的祖祖辈辈埋葬于海南岛上
他们从出生那天起，分分秒秒与

海南岛热烈拥抱，情深相吻
暖暖、咸咸的海风含有他们的汗味
辽阔、蓝蓝的天空是他们梦之源
海南岛是拿来做什么用的
招海风，种椰子的嘛
海南岛的人说
岛上存储着他们祖祖辈辈的爱和痛苦
我常常怀疑海浪，他们
日夜兼程，不知疲倦卷走的是我祖辈的影像，记忆
将海南岛人的历史隐藏海底

太阳照样播放一样的地久天长
海南岛人爱和痛苦的密码
刻印在海南岛的事事物物上
海岛人的生死年谱
在波涛的浪花里欢乐翻滚

芒果随想曲

小女孩站在牛背上
慌扯乱拉，折断你的紫红嫩芽
她的双眼闪亮你的光芒
牛咀嚼你身上，抖落的色光音符
这事发生在海南岛
一个春天的中午

海南岛风光轮转你的美丽
多少回，画家以玫红、橘黄专访
考索你的前世今生
你交响一部音画拉开序幕
时光牧色，多重奏色论
你乘着阳光的影子，海岛上
流淌、冥思，深邃，绵延……

你以南国果王的超凡气度
荣耀君威，万千次嘱咐
深绿、紫红、玫红、橘黄，金黄
务必要和睦相处，步履不停
次序更替，自在润色
你时刻吊钩，王的君威在枝骨上
日月光华咏叹你谱写，唱给
热热的海南岛光色之组曲

你的浓情芒颂画布上蔓延
山谷迂回，河流转弯
似饮黄酒，形乱神飞
个个蹭蹬，左右挤挨
摇晃松垮，肩怎么也并不齐肩
笑靥玫红，拥吻橘黄共陶醉

色是阳光的棋盘，如许
玫红、橘黄浸透你的周身
蛮横纷呈，金嗓调声
玫红橘黄的王子王孙
鼓肚吐黄，凝神定海
向着阳光俯首朝拜，尊然摇曳
你多想啊，让画家唤来
那个骑在牛背上的小女孩

生命犹似一部色彩斑斓的芒果史诗
太深情的爱，亦变幻的色彩
更浓烈的香气，凝固
铺陈在一帧帧芒果的画作中，只要
步履有光，形色不止
爱就一直延续
生命才绽放无尽的光彩

江上夕阳

斜阳时分
你的身体就开始扭动，起伏
那是出发时注入的一股神秘力量
当你涌过琼州大桥
西边一簇簇白云在你的背后倒退
与你前方的云团呼应

柔蓝的天空衬出河岸沙滩的棕黄
幽绿的木麻黄默诵
一个钓鱼少年的名字
夕阳渐渐没入西岸人家烟火
一只小船停在江中，青年一撒网
穿花衣裳的女子就发出咯咯笑声
玫红、橘黄、紫蓝、银灰的霞晕映照江面
谁被江上夕阳框在画里
谁就能读懂
南渡江岸人家的心情

野菠萝

在海南岛上的野菠萝落座
与五光十色的光混淆在一起
声音被圆的海风吹拂在海岸线上

千百万棵椰树吹响起了长笛
橡胶合唱队的高声部紧握在胸膛
而我听见野菠萝的寂寞

没人知道，第几重浪拍打海岛
光先射在蓝色海水后，后探入招潮蟹的盖兜
野菠萝有各种姿势可绘画
而它们的话语越来越少，近乎沉默

星星划过一道闪光
紫蓝天空下，星子并不比坟前的野菠萝更加阒寂
海南岛与光签下不可撤销协议
而我看见野菠萝以婴儿的脸见证

据说，海南岛的倒影是大海的底色
浪花的声带由影子旋转，传输
千万个椰子被莫扎特的夜莺安抚在树梢上
而我跟随爵士钢琴乐曲在野菠萝叶上绿色狂想

作者简介： 郑丽花，女，作品散见于《椰城》《现代青年》等。现居海口。

怒放的三角梅

朱美花

三亚河，我的母亲河

当太阳洒下星辰种子
那条由六罗水、水蛟溪、半岭水三条河汇集而成的主流
由北向南穿城而过
用甘甜的乳汁繁衍着一代又一代三亚人的梦想
以史诗的厚重
记录着小渔村演变成国际旅游岛的前世今生
当远山夕阳滑落
河堤传来欢歌的声响
被蓝浸透了的三亚河，张开海纳臂膀
此时，自然与繁华相生，平凡和高贵共舞
河床携着元明的清月
照亮了现代人文荟萃的繁华
当千年石头映上华灯初照
翻开的画卷在河水中缓缓流淌
宁静伴着创新的火苗在飞跃中燃烧
疍家鱼米，黎苗槟榔
枝头交织着精灵的舞娘

那是白鹭与红树林的契约在续航
当星星点亮南山的神秘话匣
当风情万种演变成浪漫情怀
三亚河以母亲的宽广
用承载和包容，筑起一座由荒凉到繁华城市的传奇
载着回忆，载着梦想，沿着川流不息
书写生命的历程
当旭日再次升起
三亚河以母亲蕴含的力量，向着浩瀚的大海奔流而去

怒放的三角梅

三月的小雨在海口特有的微风中引领着风骚
那一块春风点穴过的泥土
让每一粒种子都找到了适合生长的孕囊
被窝里，那些懵懂揉着惺忪，将春姑娘撞了个满怀
一瞬间
张扬跃上了褐色的枝头

蜜蜂煽动着甜蜜
一种交错的情愫，像风吹过枝叶后发出的低语
透过手指的红，摇曳田间地头
我要告诉春天
一撮泥土，一丝温度，一滴雨水，一缕
阳光就可以让我挣脱缰绳

那些死而后生的绯红、粉红、火红、纯白
她们都是春风留下的脚印，恍如
大地母亲给孩子们孕育的芳琼

逐　梦

时光，在漫步星河之时
悄悄地溜走，它或者
给人留下一杯茶的回味
或者，连一丁点残渣也没留下

太多的灰飞烟灭
消散于或有的相互指责
唯月光，安抚努力攀缘的藤蔓
指缝间漏泄的每一寸光
染上了梦里的甜味

骑楼故事

钟楼的霓虹尚未绽放
彪叔家的蒜香排骨已浸透数条街的胃墙
青砖修补着灰墙的忧伤
白卦兜着远走他乡的无奈

埋入地里的血脉跨过琼州海峡
浸泡在泪沟的咸涩里

曾经的牵手，化作一声长叹
在南渡江畔回荡

触摸斑驳点点
仿佛触摸着他的喜怒哀乐
那些与我无关的故事里，裹着与我有关的牵挂
在骑楼的缝隙里流传

入林记

杯中猩红
对映着母亲头上刺眼的斑白
交织的藤蔓，层层缠绕
散了架的拉杆箱辗转无数荆棘得以喘息
鱼张着嘴，奋力等着那一滴春雨的降临

挤开一道道缝隙，透过麻木面孔
亮光，刺穿林雾中的苟且
浴血蜕变
悲鸣哀戚中传来那一声钟响
囡，记住，出去了就不要再回来
几滴酸楚落入杯中
犹如那日的残阳，在高楼丛林里消融

作者简介：朱美花，女，作品散见于《延河》《苏州文学》等。现居海口。

故乡的海

周　通

故乡的海

我走到故乡的大海岸
我的祖祖辈辈就躺在海岸的中央
那片大松林给乡亲们挡住了海风
站在故乡的海岸边
想念已故的亲人
我眺望大海
海水波涛激荡
海中两岛高耸挺立
就像少女的两只乳房
看那海鸥自由地飞翔
海面上波光粼粼
闪烁着五光十色的光环
海水像母亲的手
让你感到深沉的母爱
海花是海上的奇景
神经触摸着大海深处
捡一块响螺，一些贝壳

串成满满的梦想
望着一浪高过一浪的浪花
使人抛开烦恼，尽情地欣赏
回到故乡的那片海
就如扑进母亲的胸怀

春　茶

春风一笑绿山冈
喜见银芽处处芳
茶花花蕊金黄
花瓣如红玉
山茶花植株形姿优美
叶为浓绿而光泽
花形艳丽缤纷
山茶花是春天的使者
开在春寒料峭中
美丽的山茶
花迎着春风
呼唤着大地的苏醒
向人们报告着春天的到来
百花彤云啸傲中
春季茶芽肥硕
一望无际茶海
茶香醉心人神往

若隐若现采茶女
茶山人海入梦来
不爱美人爱香茗

女人如花

每一个女人都是一朵花
青春稚嫩之花
盛开如诗
浪漫多情
绽放妖娆
女人如花
花一样的美丽
花一样的坚强
一朵朵盛装坐在枝头
花一样的智慧
花一样的胸怀
蝴蝶一样的美丽
照耀她的天空
花开不是为了花落
而是为了灿烂
活出一个精彩
人生淡然如花
过程是苦涩的
却是一次苦难的历练

祝女人一生平安健康
行走一路芬芳

诗　歌

灵魂的舞蹈
语言的提炼和精华
生动形象丰富情感
对社会的呐喊，鞭策和表达
包含着作者的思想感情与丰富的想象
是文学的浓缩、扬善、抨丑
诗歌无处不有
就像一面镜子
各自照照吧
一种抒情言志的文学体裁
诗歌技术永远在变化和流动中
是语言的闪电
最佳状态永远是喜新厌旧
社会生活的最集中的反映
以另一种方式让我返乡
永远是后来居上者的艺术
诗歌永远在路上
我热爱诗歌

作者简介：周通，男，作品散见于国内报刊。现居乐东。

木棉花又开

唐鸿南

芭蕉树下

山坡上，每棵芭蕉树，都像一个人。
只是不懂说话罢了。
可是，每当三月的风声传来，芭蕉树就有话可说了。
它说的是黎话，是用鼻子说出来的。
它同那个叫鼻箫的黎族兄弟够亲了。
它的绿叶每翻转一下，情歌也跟着醉了。

山里的风

其实，在茂密的山里，风是有形的。
树会与风说话，鸟会与风说话，水会与风说话。
山里人同样会与风说话。
我们什么都可以听不懂，什么都可以听得懂。
就是听不懂风在城墙里说了什么话。
那风啊，偶尔来一个咳声，硬硬的，
一下子就把人软在了门缝上。

木棉花又开

今年，木棉花开得很晚，脸上挂满阳光的某种谎言，所以更红了。

自从脱离了母亲张开的臂膀，从枝丫落到脚跟，它学会了一声不吭，也就没有了任何怨言和叫喊。

是呀，没了母亲的孩子是痛苦的。不过，木棉花还是有点不一样。

看看，树下的落红，依然开满春天的模样。

三角梅的春天

似乎所有的语言，都被太阳暴露了，一下子火热起来。

红的，黄的，紫的。三角梅的春天，满山满坡，蜂拥而来。

不知道，是春天邀请了三角梅，还是三角梅开放了春天。

我相信，三角梅绝对不是为了邀功请赏。

我只知道，它开出了自己的春天，也开出了四季的底色。

桑葚的颜色

看到桑葚时，我想到的那是一片蓝调的大海。

可惜，眼前的桑葚是翠绿的。

在绿的簇拥下，偷偷地抱着各种颜色的果子，

酸甜酸甜的，好像一些不必说出的秘密。

作者简介：唐鸿南，男，黎族，有诗集《一个黎人的心经》等出版。现居五指山市。

探访燕子楼

彭　桐

清　晨

一声鸟鸣
啄破夜的壳
黎明探出头来
昨日遗落窗台的絮尘
新如珠粉的眼神

翅膀未生出之前
就该学鸟儿审视自身的黑
不把胸口啄出血来
旭日就不是红色

一声鸟鸣如花初放
刚好梦醒者
便成拾露采花神

探访燕子楼

代苏东坡来看看燕子楼，想想关盼盼
东坡愿不愿意，盼盼是否感激
身边的湖水泛起了阵阵涟漪
檐角的树丫间，一朵小红花露出了笑意

绕楼一圈，如湖上孤燕盘旋
就算喊来白居易，前后门也紧闭
长廊里一群大妈练嗓子，用声音比赋
廊门前三五老汉打太极，慢动作添词

楼已坐成禅，无须多言
石刻、玉雕、梦痕，均欲言又止
如果月夜来，或学东坡怪石上醉卧
那些逝去的，物化在眼前的
是否随一阵暖风复活过来

痴痴回望，树影花影人影和燕影
一如用心揉碎了的时光

当我站在山顶上

当我站在山顶上
感觉比沉默的山还孤独

就像山尖　顶着弱不禁风的帽子
随便来一阵微风
就会把我吹得无影无踪

可是，这会儿一丝风也没有
我只好环顾，天空像个铁皮桶
桶壁上布满了一团团的乌云
给行走的人　不动的树
甚至低至沟谷里的溪流
都带来一种无形的重压

好在云团之间
还有片片蓝天，点点天光
这蓝这光，多像我生活中的挚友
生命中的亲人
他们仿佛在眨着眼睛
在安慰说——
乌云终究过去
晴空依然会再现

那么，可以放下挑铁桶的重担
捎鲜花在手　摘鸟鸣入耳
挟风神　轻松下山

绕　道

有时绕道，为避锋芒与阻碍
赢得空间与时间

牛峰耸立，虾兵布阵
幻化为草木皆神的车流与人影
堵的是路，也是心

遇两墙间的坎
绕不过，就跨越
逢悬崖缠的山
绕不过，就登攀

绕，是选择的智慧
不绕，是天生的果敢

听我的话绕了一大圈
连另一个我都明白——
地球自转，还绕太阳转
转出了黑夜与白天
地球任由月球围着转
转出月的缺与圆

而我，日夜不停地
梦里梦外地，忘记日月和地球
记不住时间和空间地
绕着你转，只为获得
你的心香一瓣

模仿的心愿

在音乐起伏的路上
我模仿古人弹琴，弹到手软
希望把健康的方式
向步入深冬的草木传递

在递升到家的台阶
我模仿机器人猫步，以免
惊扰感应灯休息
希望替身母亲
用她晒过的微笑
悄悄把冷寂的窗口温暖

作者简介：彭桐，男，有诗集《爱的传说》《夸下海口》等出版。现居海口。

听舒伯特的歌

符浩勇

家谱里沉甸甸的名字

一

读家谱，以仰跪的姿态
总会读出一个两百年前
梳着长辫子穿着长衫裤的汉子
他叫缵中

他从琼州府辖下新吴老墟走来
那时的老墟是曾口县的龙州河埠口
可以乘船逆水而上至海口通商
他从冼太夫人治下美沙田府地走来
美沙田府地的石板街道
留下他父辈以及过往商客奔忙的足迹
他千里跋涉或打马或坐车
来到西黎中都四顶岭下土尾岭村
这个村有他父亲连襟的姐姐
这个村有他大姊姆婚嫁为生的家

这个村有土尾为托肥沃的田园
还有肯为土地挥洒汗水的肝胆
他的投奔就是卖力当长工而来
两条修长的辫子一甩
盘上乌黑的发端
磨水破旧的长衫一撩
三下两下挽起裤腿
放手就生龙活虎地摔打滚爬一场

他的勤勉他的耐劳
搏取土尾村的阵阵喝彩
声声传扬至毗邻文曲坡村
这个村土势伸展像龟背
这个村邱家有女待闺初长成
由亲人牵线，媒妁作聘
在文曲坡村置地买田扎了根
他就像旺盛的藤头伸展繁衍生息
开埠建造符氏显灵堂

二

读家谱，以膜拜的方式
总会读出一幅一百五十余年前
六兄弟围坐分家的图景
召集人是他们的父亲
叫日光

日光是缵中在文曲坡村生下第二儿子
四顶岭下的土水滋养血脉
贫瘠的土地插根竹也会拔节
粗茶淡饭也能长出铁板般的肌肉
他不负父辈叮咛和嘱咐
生育了六个齐刷刷的骨肉兄弟

星移月替，树大分枝
人多生息宜分家
一个很深很深的夜
一盏跳动着火苗的油灯下
一壶野生藤子叶茶
一桩牵着滚烫旧事的话题
父亲按田园收歉充分划配
六兄弟按长幼为序
围坐一团握手谦让，拥抱取暖
六张坚韧的陈州宣纸
记载着父慈子孝
见证了兄良弟悌
传递着长尊幼顺
烙下了六兄弟鲜血般的印记

那时候谁想不到
多少年后的第六代传字派子孙
在一个泥石墙孔里

掏到分家契约的余温
更意外的是
六兄弟的分家分出七份
那是分给儿孙光运的一份
其时，他比第六位叔父仅少六岁

三

读家谱，以虔诚的眷恋
总会读见一个一百年前
通晓琴棋书画的主妇
她是万青的第二个媳妇
扬名来自娘家荔枝头村
谦谓荔枝头婆
万青是日光的长男儿子
他一度颓废染上了鸦片
迷恋牌局助长了任性
醉卧花巷浪迹于市井
一顶花轿荔枝头婆进门续弦
他暴躁的脾气骤然收敛
借宿于外开始回家寝食
九夜之间脱胎换骨

丹山碧地，云水飞扬
风雅颂歌弹拨新曲
春风浩荡，源远流长

杨柳新词竞见风流
六年延根传散三个儿子
长男取名光运
寓意光景运兴
次男开声光孝
隐示光宗孝道
三男谓称光大
期望光大后人

读家谱，总会读出
一串长长的名字
一圈圈刻骨的年轮
祖讳缵中考妣安枕
在后岭坐西向东有碑记证
日光祖讳种在
过军坡跨水渠
上坡坎大墓园吉祥地
万青曾祖歇在
后岭面向加乐潭引渠
源远流长

在县城看书店

这些年，我有一个不好的习惯
每到一个县城总爱去书店看看

（不去看看总觉得不曾来过这个地方）
其实，从书架上摆放的品类
多少可窥见或印证小城的人文积淀
还有不可多得的艺术底蕴

这些年，不知从什么时候开始
书店早已被临街的铺面淹没
退居二楼或转弯角的阁楼
在营根，那个窄小的空间
只有三个学生捧着教辅书席地而坐
而楼下那条喧嚣的小巷
有更多钉鞋补袋的身影在奔忙
在文城，那道还算宽敞的走廊
一个执着鸡毛掸的妇女正抖去架子上的积雪
而楼梯的过道处挤满了改做裤脚补纳衣袖的繁忙
在嘉积，那间还算干净的店面
设在并不热闹的西园
一个小伙托着吉他在角落低吟弹唱
楼下的女装专卖店侧门
总是进出写符祈愿或兜卖彩票的面孔
在屯城，书店里鸦雀无声
那个涂着口红的女郎
用耳机听着手机画屏里的翻腾
在门外三角街近处
我意外见到了久违的最后一个修表匠

在三亚，在成堆放置教辅书的缝隙
我终于买到了收入我一篇小说的选本
在牙叉，收银台那个姑娘
看着书的勒口处我的照片睁大了眼睛

这些年，在东方在乐东
（这些小城怎都在西边？）
在陵河在万城在金江
我来不及去书店看看
我几乎成了匆匆过客
只记得嘈杂的街面到处是房地产广告
还有呼着尾气的汽车与苍白的行人

听舒伯特的歌

在城里，节假日的黄昏
我爱坐在临街的阳台上
听舒伯特的歌
他踏着枯萎的夕阳走来
披着褪色的霞光走进夜幕

那忧郁的男声
一浪一浪拍打我的心岸
我的眼前是一片杳无人烟的草原
草原里有一条弯曲的路

一串孤独者留下的足迹
远方有静静的月光泻在水里
风车徐徐旋转着枯干的翅膀

这时候，我会记起乡下那一方水土
收割后消瘦的田野
像苍老的母亲嫁完最后一个闺女
村边那棵凤凰树枝叶灿烂
像醉汉倒尽葫埕里最后的半碗酒
乡亲们晚归的身影
伴着萤火的舞步抵达远山的传说

在此刻，舒伯特在唱着什么
声乐总是穿越时空
抽象总是会把任何具体与繁杂滤净
纯酿出血液和酒
以及爱的呼吸还有情感的律动
为母亲为大地为蓝天
泪珠盈盈是没有理由的荡落

拍岸的旋律是心灵流淌的一条河
灵魂之门会霍然打开
（但平日并不知道身上有这扇门
更不知道这扇门会何时打开
或者会在何种情况下被意外打开）

像山里几缕炊烟支撑的蓝天
在归仓遥远的拥有与收获

多少个节假日的夜晚
城里缺失故乡的月亮
我总是畅游在舒伯特的岁月之河
被洗涤的灵魂
在时光的渡口潮起潮落

作者简介：符浩勇，男，有小说集《今生盛宴》《苏醒的腊月》等出版。现居海口。

路遇戴胜鸟

艾　子

深夜穿越华北平原

月亮被蒙住眼睛，一张黑棉被
捂住万物的声源
唯有火车
以它的钢铁意志
一生唱一个旋律，一生只讲
一个故事
我仔细、虔诚地分辨它的表述，就像
听僧人诵经，从中寻找
浩瀚宇宙的奥秘
而火车的节奏从不为某个人改变
它只是在一个叫安阳的站点
屏住声息，让我倾听
大地的心跳

路遇戴胜鸟

也许还是去年的那一群：
七八只戴胜鸟，七八个少女
在草地上嬉戏

我只在冬天看见她们——
戴着风冠，足以把天色点亮

而她们都吓飞了。我的出现
多么突然
我像棕熊一样笨重
曾有征服世界之心
此刻，却想成为她们中的一员——

绿树当床，白云为被
不用守着房屋
说走就走，不需要行李和护照
不吃素、辟谷，就能轻盈地
飞翔

我在稻田里种了一棵桃树

那么突兀，不合逻辑

桃树的生长把地平线拉斜
稻田巨大的心跳
催生满地黄金，远处的湖水
明镜晃荡

桃，准备好了吗
夕阳往我的血液中添足了柴火
桃之灼灼
教堂的钟声将喷薄而出，请闭上眼睛
暂忘河北江南

番茅村

黄昏把红土地和茅草屋染成
一幅大型的水彩画
吊床、石磨、燥热的风
生活的底色
光亮之中带着厚重的质感
这里绿树成荫
菠罗蜜树自豪地挺着她的乳房
这来自大地的果实
丰盈、芳香、羞涩
甜蜜着哺育前的饱胀

树下的两个黎家少女

把她们对爱情的憧憬
对生活的感恩
细致地纺进纱线
黑狗斜卧在主人跟前，玩耍
火鸡三三两两
在纺纱机“吱呀吱呀”的旋律中
悠闲踱步

茅草屋里橙色灯光中
少女的父母
以及一顿飘香的饭菜正等着她们
温馨、质朴、祥和
幸福呼之欲出

浓绿得像水彩画的树和树
手挽着手，围成一个自然的院落
一个不让喧嚣透进来的
世外桃源

三月梨花

我来的时候
她们正好系上舞鞋
来不及配合音乐
便跃上枝头

她们在十里果园中嬉笑，推搡
窸窸窣窣地张望，舒展
手如柔荑，揽一个春天的绣球
她们云鬓堆翠、素肤凝脂
使灯下坐禅的少年
胸口温热，意念
随春光消融

转　经

日与夜的流转
天与地的交融
死亡与诞生的
衔接

是你把焦虑洗净了吗
把心镜擦亮了吗
初抵布达拉宫，我绵软地
躺在梵音中
苍穹浩瀚、湖泊潋滟
缓步行走的绵羊心怀喜悦

嘛呢经轮
一部旋转的经书
转经的牧民已白发苍苍

皱纹慈祥
他昨日教我的六字真言
正汇聚眼中的暖意

从拉萨到色达
群山掠过车窗
经轮飞转
唵嘛呢叭咪吽
喇嘛僧袍翻涌
前方四千米大山中巨大的红色
正唤醒灵魂

作者简介：艾子，女，有诗集《寻找性别的女人》《异性村庄》等出版。现居海口。

人应该如此

江　非

风雪之夜

我想我应该用一根木棍
把门闩顶牢
不让风雪推动大门
这样我就可以
安心地睡个好觉
不用在半睡半醒之间，听到有人
在门外拍门
起床去冒雪开门
人睡着之后的心
总是朝向门外细听着
那种一下一下试探着的推门声
往往令人心碎

人应该如此

你应该养一匹母马
和她相依为命

她能帮你很多忙
还应该种一棵栗子树
它会慢慢地长得很高
让你在树下等到坚实的果子
要是再读读陶渊明
就好了
养马，种树
心无旁骛
在树屋上安心地睡着
人有时候
就应该如此骄傲

我寄给你的桃子

我寄给你的桃子
你吃不了没关系
你可以把它们做成
甜甜的桃子罐头
找一个干净的玻璃瓶
把桃子洗好
用一把小刀
轻轻地削去它们的皮
把一个桃子一分为二
用刀尖剜掉
藏身隐秘的桃核

把它们放进瓶子里
撒进一些白糖
你完全不用担心
你的辛劳会白费
桃子肯定知道你的意思
它们会忠心地回报你
并给你另一种生活的期冀
如果明年我给你
寄去的是苹果
也没有关系
你可以把那些吃剩下的苹果
捣碎了
做成好吃的果酱
你可以想，这些苹果
多么好啊
它们被大风吹过
被大雨淋过
在地里长大
被一个朋友高举双手取下枝头
它们被送进你的家门
接近你的心思
而没有烂在地里
它们的自身是甜的
还爱过
和拯救过那些
被酱汁涂抹过的事物

我看着你

我看着你
我的背后是红色的屋顶
和灰色的谷仓
更远处是山
覆盖着去年的积雪
和由山谷中涌出的河流
和密密麻麻静止的杉树林
我的帽子有些倾斜
犹如我倾斜的肩
犹如磨坊旁那棵橡树伸出的树冠
附近是两个弯腰的妇女
她们肯定不是我的妻女
她们在捡着什么
信任脚下的土地
还有一群白鹅
还有一辆装满了麻包的马车
和喝醉的车夫
我手中紧握的草叉
我脚上开裂的靴子
我的手与刚刚停歇的
劳作
我有些苍老或者

茫然
我在一幅画上
我不知道是谁画了我
他如何为我涂上
一笔一笔坚硬的油彩
让我保存了这样的人生
和时日
我有些陈旧
我有些孤独
仿佛我一生
都要向前方的那个马圈走去
想靠一靠那儿
那些伫立的栅篱
我是想去哪儿
我哪儿也不想去，不能去

我　在

如果有陌生人来看我，我会说我在
他第一次来
我会给他指指路
我会告诉他，你再往前走走就到了
也就一个小时不到的路程
下了公路，穿过那条山谷
沿着一条小路一直走

你就可以看见我斑驳的果园
我就在那儿
树篱是密密麻麻的花椒树
房顶是红色的
和我紧挨着的是一排大叶杨
我的厨房没有高高的烟囱
在冒烟
也没有白色的墙
我没有狗
果园没有门
你走近了
就可以看见我正在树下干着我的活
我不会躲避任何人
也不会藏起来
自称果园里的隐逸派
我在我果园的任何一处
可以和任何人交流，并请他
尝尝我的桃子
今年的夏天下过几场冷雨
桃子上都是斑点
但吃起来味道还可以
我可以请他多停留一会儿
虽然我对天气和我自己都有些抱怨
我还是在果园的一角开垦出了一小片洋葱地
我想请他看看我今年的蜂箱

我用苹果木做了它们
果园里的苹果树
今年的长势也不是很好
但枝条依然可以弹起来
用手摸摸，就像摸一把小提琴的弓弦
桶里的葡萄酒已经没了
也没有做好的苹果酱
他来寻觅事物的重力和原来的样子
他走时，我愿意送他一根这样的枝条

作者简介：江非，男，有诗集《泥与土》《传记的秋日书写格式》等出版。现居澄迈。